COUVERTURE SUPERIEURE ET INFERIEURE
EN COULEUR

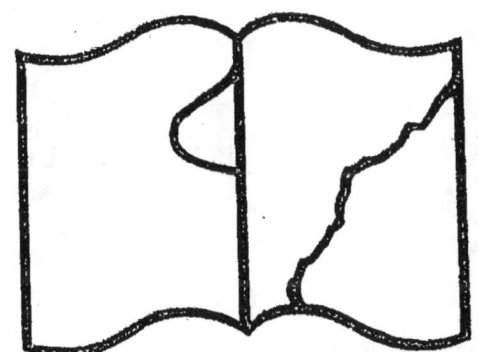

COUVERTURES SUPERIEURE ET INFERIEURE
DETERIOREES

SITES ARDENNAIS.

LE

PASSEUR DE TARGNON,

PAR

ÉMILE GREYSON.

... Il faut plaire à ceux qui ont les sentiments humains et tendres, et non aux âmes
barbares et inhumaines.

PASCAL.

BRUXELLES ET OSTENDE,

LIBRAIRIE DE FERDINAND CLAASSEN,
rue de la Madeleine, 85.

1860

SITES-ARDENNAIS.

LE

PASSEUR DE TARGNON.

Bruxelles. — Imprimerie de CHARLES LELONG, rue Royale, 138.

SITÉS ARDENNAIS.

LE
PASSEUR DE TARGNON,

PAR

ÉMILE GREYSON.

... Il faut plaire à ceux qui ont les sentiments humains et tendres, et non aux âmes
barbares et inhumaines.
PASCAL.

BRUXELLES ET OSTENDE,

LIBRAIRIE DE FERDINAND CLAASSEN,

rue de la Madeleine, 85,

1860

A MON AMI,

EUGÈNE VAN BEMMEL,

Professeur de littérature française à l'Université de Bruxelles.

I

Quiconque, il y a dix à douze ans, venait raconter, dans
un salon de Bruxelles, les impressions charmantes que
lui avait causées un voyage dans les Ardennes belges,
était écouté avec politesse, avec complaisance peut-être,
mais, au fond, avec une indifférence réelle. Dans une certaine couche sociale, notre capitale affecte un peu les airs
de la vie parisienne; elle ne se modèle que sur ce qui se
fait dans la Lutèce moderne, et n'oserait trouver bien une
chose qu'à la condition que cette chose eût été goûtée
déjà dans le centre du monde civilisé. Prononcez devant

nos jeunes beaux, nos sportmen, nos financiers, voire nos hommes en place, d'autres noms que ceux de Tortoni et de Vachette, de l'Opéra, des Italiens, des rues et des boulevards de Paris, ils ne vous entendront pas ou feindront de ne pas vous entendre... Il y a dix ans donc, on riait assez cavalièrement au nez du touriste qui faisait l'éloge d'un coin de terre où personne n'allait, que personne ne connaissait et que rien n'avait encore signalé à l'attention publique, pas même un article de journal... français. On admettait une course en Italie, en Suisse, en Écosse ; on admettait les bains de mer d'Ostende et de Boulogne, les tapis verts de Baden, d'Aix-la-Chapelle et même de Spa, mais une excursion dans une contrée sauvage dont l'existence ne s'était trahie jusque-là que par des jambons, d'un fumet exquis il est vrai, était une folie, tout bonnement une folie et rien de moins.

Malheur à l'être simple et naïf qui osait détailler ses pérégrinations avec quelque enthousiasme. Je ne sais quel air dédaigneux se montrait sur les visages lorsqu'on entendait vanter ces plaisirs d'un voyage artistique, entrepris le sac sur le dos, le bâton à la main. Chaque parole un peu trop amoureuse était accueillie par un sourire plein de commisération. Que de gens, à mon retour d'une de ces expéditions, recevaient ainsi la confidence de mes sentiments intimes ! Et lorsque après avoir décrit avec entrai-

nement ces sites si curieux, si neufs, si variés, si poé-
tiques, si grandioses, lorsque après avoir parlé de ces jolis
vallons, de ces plaines coupées de rivières écumeuses, de
ces horizons sans fin ou de ces nids ravissants où l'homme
placerait avec plaisir le paradis terrestre, je croyais avoir
communiqué à mon interlocuteur un peu de cette émotion dont mon âme était remplie, je le voyais céder à un
affreux bâillement, et de sa bouche contractée tombait
avec effort cette demande distraite qui dépeignait toute
sa pitié : Vous n'avez pas vu Paris ? — Puis il faisait un
demi-tour, et, s'il était fonctionnaire public ou l'un des
heureux de la Bourse, il s'adressait à quelque autre personne plus digne de son estime, de sa considération. Et
presque honteux d'avoir montré tant de candeur auprès
de tant de sérieux, je me promettais bien, à part moi, de
ne plus louer à l'avenir ce que n'avaient pas encore pu
apprécier les gens qui ne jugent que par experts asser-
mentés.

Mais, depuis dix ans, nous avons fait du progrès, n'en
déplaise à ceux qui croiraient le contraire. Le nombre des
voyageurs s'est accru, l'enthousiasme n'a pas grandi, mais
s'est propagé. Quelques cœurs hardis, quelques esprits
entreprenants se sont mis à la recherche de ces jouis-
sances si pures qu'on leur promettait ; l'on a écrit des
guides, des mémoires, des impressions de voyage, des

contes, des romans et des légendes. Et, comme si le siècle voulait une bonne fois en finir avec ces Ardennes que l'on osait insolemment comparer aux vallons de l'Helvétie, un chemin de fer a été construit tout exprès pour qu'on fût à même de vérifier la chose. Chaque jour, les oisifs des grandes villes peuvent maintenant aller porter dans ces contrées vierges et sauvages les « bienfaits de la civilisation. » Les incrédules d'il y a dix ans seront du nombre des curieux ; mais s'ils reviennent de ces parages sans en avoir senti toutes les beautés, il ne faudra pas trop leur en vouloir : Heureux les pauvres d'esprit ! malheureux les pauvres de cœur !

Le récit qui va suivre se passera au milieu de ces Ardennes que j'aime tant, que j'ai vues et revues avec tant de plaisir. Quand je dis *Ardennes*, je m'exprime mal peut-être au point de vue géographique ; *Ardennes* ne sera exact que si l'on comprend, par ce mot, pays pittoresque par excellence. La Lienne et l'Amblève ne coulent pas sur le territoire qui porte ce nom.

Que le lecteur veuille d'ailleurs me suivre, il verra bien. En marchant vers le sud à partir de Liége, le long d'une route marquée sur la carte par deux traits parallèles allant toujours en ligne directe, on rencontre, bien au delà de Beaufays, et un peu au delà de Sprimont,

Aywaille, célébré dans un agréable petit roman par M. De Puydt, et un peu plus bas qu'Aywaille, Harzée. Que de ce dernier point, le lecteur s'aventure en appuyant sur la droite, qu'il se fraye un chemin jusqu'à ces deux lignes noires qui courent en formant mille sinuosités, et dont l'une, venant d'au delà de nos frontières, s'arrête tout à coup en rencontrant l'Ourthe sur son passage, tandis que l'autre serpente à peine et n'a pas sitôt commencé à s'étendre qu'elle se perd. La première est l'Amblève, la seconde est la Lienne.

La Lienne, folâtre et insouciante, bondit dans son lit de schiste, tout ourlé de la plus riante des végétations. Elle semble impatiente de trouver plus d'espace; elle mord, avec ses belles dents de perle et d'écume, les anfractuosités de la rive, et, ne pouvant les entamer, elle saute quelquefois par-dessus. La nature lui dit à chaque instant, en mère sage, prudente : Enfant, écoute-moi; vois ces rochers que j'ai posés là-bas sur ton passage et qui se rejoignent comme pour te fermer la route : c'est un effet de ma sollicitude, un avertissement que je donne à ton étourderie et dont tu feras bien de tenir compte! Mais, baste! la Lienne est femme; elle est curieuse; elle ne s'en retournera pas. Par moments elle a l'air de revenir vers sa source, mais ce n'est que pour reprendre plus d'élan, ce n'est que pour mieux se tenir au milieu de son

cours. Alors elle s'élance et s'échappe avec un bruissement joyeux qui ressemble à un frais éclat de rire. Et
tout heureuse de son espièglerie, elle s'en va se jeter tête
baissée dans la rapide Amblève qui l'entraîne comme
dans une ronde infernale, en brisant ses ondes devenues
rebelles contre les blocs de granit semés là-bas dans les
Fonds Quarreux.

Si, au confluent des deux rivières, nous gravissons la
côte taillée en gradins qui conduit vers Xhierfomont, du
sommet de la montagne nous voyons la vallée, et, au
milieu de celle-ci, Targnon, pauvre petit hameau épar-
pillé dans la plaine comme les maisons de bois d'un jeu
d'enfant. Plus loin, sur la hauteur, est Stoumont ; plus
loin encore, Froidecourt et son manoir. Puis au delà de
Xhierfomont se voit Cheneux, vrai nid d'aigle. Enfin plus
bas, enfouie sous les grands arbres du bois, apparaît une
construction assez mesquine, où alternent la brique et le
moellon, couverte d'ardoises, flanquée de tourelles, surmontée de girouettes. C'est Vaux-Renard, curieux et modeste séjour où la légende a fait naître ce seigneur de
Cherra, grand chasseur, qui, oubliant Dieu pour le gibier,
paya cet oubli du repos de son âme. Entre les deux châ-
teaux de Froidecourt et de Vaux-Renard coule l'Amblève,
leste, sémillante et coquette, les jours où la nature est en
fête ; impétueuse, méchante, terrible, quand surgit la

tempête et que le ciel verse ses torrents, ou que la neige amoncelée par l'hiver se fond et descend en cataractes vers la plaine.

C'est à Vaux-Renard et à Froidecourt que se passeront les scènes principales qui vont suivre ; mais c'est à Targnon, à l'endroit où l'Amblève et la Lienne viennent se confondre et s'étreindre, que le récit s'ouvrira.

II

A Targnon, l'Amblève est profonde et large; l'eau est plus abondante qu'en aucun autre endroit, amenée incessamment par l'affluent qui la grossit. Là nul moyen de la traverser, comme ailleurs, à gué ou tout au plus en se mouillant jusqu'aux genoux. Il s'est donc trouvé de temps immémorial un passeur d'eau à Targnon.

Celui qui en 1818 remplissait cet office, était un homme affecté de toutes les laideurs physiques. Grand et osseux, roux par-dessus le marché, il était encore doté de deux infirmités qui étaient venues renchérir sur l'œuvre de la nature. Il n'avait qu'une jambe; il n'avait qu'un œil. Ou du moins l'une de ses deux jambes lui refusait tout service dans sa seconde moitié, et s'appuyait sur une béquille grossière; l'œil malade ou absent étaient recouvert d'un bandeau d'une largeur exagérée. L'œil visible, gris et ardent, s'abritant derrière d'épais sourcils, affectait une mobilité inquiète, fauve, défiante. On appelait ce *fragment* d'être le *naivieu* et plus souvent le *passeu*, et personne, après avoir jeté un sou pour le passage, ne se souciait d'entrer en conversation avec lui. Quand le soir approchait et que les jeunes filles de Stoumont ou de la Gleize s'en revenaient d'avoir dansé, les jours de fête, à Harzée, à Remouchamps ou à Chession, elles hâtaient le pas pour n'être pas obligées de traverser la rivière à l'heure où les ombres s'épaississent. Elles allaient par bandes et, une fois dans le bac, se pressaient les unes contre les autres, n'ayant garde de chercher à voir l'homme à l'emplâtre, de peur de retrouver son image en rêve.

Le passeur n'avait pourtant pas la réputation d'être mauvais ou méchant; pour dire vrai, il n'avait pas de réputation du tout. Sombre, taciturne, il cherchait la solitude et n'ouvrait jamais la bouche que pour répondre d'une voix brève et sourde. On s'était fait à son mutisme, à ses manies, et personne ne songeait à l'interroger. Tout ce que l'on savait, c'est qu'il était du pays ; qu'il en avait été éloigné pendant de bien longues années et qu'il était venu un beau jour, dans le piteux état où nous le retrouvons, prendre possession du bac abandonné par suite de la mort de l'ancien titulaire. Le métier était rude, peu productif. Le postulant paraissait solide malgré ses avaries ; on ne fit aucun obstacle à lui voir prendre ce poste. Comme après tout il n'était ni buveur, ni grossier, et qu'il n'usait pas de sa langue pour médire, chacun le laissait à son affaire. Il était à la rivière avant que le soleil n'éclairât l'horizon et y était souvent encore quand la nuit couvrait tout d'ombre. On eût dit que son seul plaisir fût de voir l'eau se heurter contre le grossier amas de planches qui formait son esquif.

—Passeu ! passeu ! lui criaient, au moment où commence cette histoire, deux gamins courant pieds nus sur la rive qui touche à Targnon. Passeu ! voilà du monde.

Mais point ne bougeait le sombre marinier. Il était préoccupé par la présence, à une centaine de pas, d'un cavalier qui marchait le long de l'Amblève et qui cherchait un endroit où il pût passer la rivière. Le cheval, effrayé par le bruit du courant, se refusait à poser le pied dans l'eau et mordait son frein avec impatience. Celui qui le montait faisait d'inutiles efforts pour réussir ; l'animal, craintif et têtu, voulait avoir raison, et comme c'est sottise de céder, le cavalier cherchait à le persuader patiemment d'abord, à coups de cravache ensuite.

Cette manœuvre dura assez longtemps, et si le passeur regardait avec tant de persévérance du côté où elle s'exécutait, la question de savoir lequel du cavalier ou du cheval triompherait, n'était évidemment pas ce qui l'intéressait le plus, car il prit une mine si soucieuse, qu'il eût fort étonné ceux qui auraient pu le voir. Sans doute la vue de l'homme à cheval réveillait en lui des souvenirs fâcheux.

Les gamins ne cessaient leur appel, et l'un d'eux avait déjà lancé du côté du *naivieu* quelques cailloux qui, après avoir écorné l'onde en sifflant, étaient venus frapper les ais sonores du bac.

Trois personnes traversaient en ce moment le petit pont de bois jeté sur la Lienne et se dirigeaient vers le passage d'eau. C'étaient deux dames et un jeune homme. L'une des dames était presque une enfant; vive, éveillée, délicieusement étourdie, elle faisait retentir l'air de son rire frais et argentin. L'autre était plus réservée; elle ouvrait la marche, tandis que le jeune homme restait au second rang avec la petite rieuse dont il écoutait le babil joyeux. Le jeune homme avait un teint maladif; lorsque par moments il cédait un peu trop bruyamment à la gaieté communicative de sa compagne et qu'il mêlait son rire à celui de la jeune fille, il paraissait réprimer avec peine une petite toux sèche qui le gênait fort.

Ils arrivèrent au pied de la colline que couronne Xhierfomont. Deux personnes venaient à leur rencontre descendant rapidement la montagne; c'était d'abord une jeune paysanne, gaillarde, robuste et matoise, que rien ne semblait pouvoir intimider et qui allongeait le pas avec une ardeur sans égale; c'était ensuite un vieillard de haute stature, bien campé sur ses jambes, à la mine ouverte, à l'œil vif, aux traits expressifs. Il portait un méchant feutre roussi par l'âge, brûlé par le soleil, détrempé par la pluie. Ses épaules, larges et anguleuses, étaient recouvertes d'une espèce de petit manteau brun, riche de ton, mais pauvre d'aspect. Une veste de flanelle rouge où couraient quelques reprises assez pittoresques, de grandes guêtres de cuir bouclées au-dessus du genou, complétaient son costume. Un chien le suivait pas à pas. Rien de plus facile à reconnaître que le berger de ces montagnes; le vieillard en était un.

Il s'arrêta à mi-côte à peu près, abandonnant tout à coup la jeune paysanne.

— Va, mon enfant, dit-il, je t'attendrai ici ; je ne veux pas avoir à remonter le coteau.

Et il lui fit signe de continuer sa marche. Il venait d'apercevoir, par un entre-bâillement du rocher, l'Amblève, le cavalier et le passeur. Aussitôt il se glissa dans une excavation de terrain, véritable gouttière naturelle portant à la rivière les eaux de la montagne, et sans qu'il pût être aperçu, il se mit en devoir de tout observer.

La jeune paysanne arriva non loin des trois personnages qui, tout à l'heure, traversaient la Lienne.

— Tiens, Gude, prends ceci, cria la plus jeune des deux voyageuses en jetant quelques hardes à la paysanne, même avant que celle-ci fût à portée de les recevoir. Mais Gude accourut si lestement qu'elle reçut, les bras ouverts, tous les objets qu'on lui envoyait à distance.

— Bonjour, mamzelle, bonjour, madam, fit-elle essoufflée, mais d'une voix gutturale et tout engageante de franchise.

— Voilà, chère sœur, dit la plus jeune des dames à l'aînée, voilà cette bonne et vaillante fille, dont je t'ai parlé déjà et qui, depuis quinze jours que je suis à Vaux-

Renard, a servi de femme de chambre aux hôtes de l'étable et à moi ; quittant la fourche pour le peigne, ne fleurant pas précisément le jasmin, mais promenant partout cette figure sereine et réjouie !

Et la grosse Gude, visiblement flattée de ce compliment, releva en manière de sourire sa lèvre charnue, et fit voir une double rangée de dents solidement plantées et blanches à souhait.

Cependant le passeur avait fini par sortir de sa préoccupation et par entendre l'appel des gamins. Il secoua la tête comme pour chasser une pensée poignante, sourit comme s'il se fût raillé de son émoi, et se mit en devoir d'accueillir dans sa machine les passagers qui se présentaient. Mais ceux-ci se dirigeaient vers la montée et prouvaient bien ainsi qu'ils n'avaient pas affaire au delà de l'Amblève. Le passeur avait eu le temps de voir les visages des trois clients qui lui échappaient, et, soit l'effet d'une hallucination, soit le concours de circonstances étranges, à leur vue, comme à la vue du cavalier de tout à l'heure, il témoigna quelque chose qui tenait de l'effroi, et chercha à se dérober aux regards en rabattant presque instinctivement son chapeau sur l'unique œil qui restait valide.

Cependant le cavalier avait trouvé un endroit guéable,

et son coursier cédant enfin aux arguments de la cravache, il avait traversé l'Amblève. Il longeait le rocher qui borde la rive gauche, et venait droit au passeur. Celui-ci, sans l'attendre, plongea vivement son aviron dans l'eau et poussa sa barque vers le milieu du courant.

L'homme à cheval était au bas de la colline, tandis que les trois personnes montaient lentement, s'arrêtant par moments pour reprendre haleine et pour voir le pays. A l'un de ces moments, la jeune demoiselle aperçut le personnage qui avait tant préoccupé le passeur, et elle poussa un petit cri que l'on aurait pu prendre pour un cri de surprise ou un cri de joie, et qu'elle s'entêta, pour ceux qui l'entouraient, à vouloir attribuer à un faux pas.

Le cavalier piqua des deux, partit au galop et un pli de terrain l'eût bientôt dérobé à tous les yeux.

L'homme à la barque restait à sa même place, regardant tour à tour du côté où avait disparu le cavalier et du côté de la colline, ne perdant rien de cette consternation qui l'avait saisi.

Gude suivait ses maîtres à distance.

— Hé! grand-père! cria-t-elle lorsqu'elle fut arrivée à

l'endroit où était resté le vieillard, qu'elle fut fort étonnée de ne plus y voir. Grand-père Jacques ! répéta-t-elle.

Personne ne répondit. L'enfant reprit sa marche, espérant de retrouver le berger au haut de la montagne. Mais elle avait à peine fait quelques pas, que celui qu'elle avait appelé sortit de l'espèce d'entonnoir où il s'était glissé.

— Oh ! oh ! se dit-il en se redressant, qu'est-ce que tout cela veut dire ?

Il se mit à son tour à gravir le coteau, mais lentement. et en branlant parfois sa vieille et noble tête.

III

Vaux-Renard, dont la première construction remonte au xvi° siècle, si l'on en croit le chiffre 1571 qui est frappé sur trois têtes de clous de la porte principale, n'est plus, tel que nous le voyons aujourd'hui, qu'une partie de bâtiments beaucoup plus vastes. Longtemps exploité par les moines de l'abbaye de Stavelot qui surent adroitement s'en rendre propriétaires, ce petit domaine n'est en ce moment qu'une ferme charmante, pittoresquement assise au milieu d'un pays délicieux.

L'habitation était restée longtemps inoccupée à la suite

de la grande débâcle révolutionnaire qui l'enleva aux moines pour la donner à la nation, lorsque quatre ou cinq ans environ avant le jour où s'ouvre ce récit, elle fut acquise par un négociant, lequel venait de prendre sa retraite des affaires en même temps qu'il prenait femme, ayant résolu de goûter à Vaux-Renard les douceurs de la lune de miel.

M. Verannes avait acquis une fortune fort respectable dans un métier comme on en fait à toutes les époques, et dont il ne songea jamais à rougir. Il avait eu des entreprises d'habillements et de vivres pour les armées de l'empire, et incorporant des brigades entières de malheureux auxquels il payait à peine de quoi subsister, il profitait largement du bénéfice de ce genre de traite des blancs.

M. Verannes donc s'était décidé à habiter le petit manoir à tourelles et à pignons si gracieusement caché sous la feuillée ; mais en dépit de ses projets, il n'y fit qu'un court séjour. Agé de cinquante-cinq ans, d'une humeur massacrante, bilieux et quinteux, habitué à l'obéissance passive de la part de tous ceux qui l'entouraient, il avait uni à sa destinée une femme, une enfant, belle, spirituelle, bien élevée, ayant en un mot mille qualités, tandis qu'il avait, lui, mille défauts. Il serait parvenu peut-être quelque jour à perdre de sa grossièreté, de sa rudesse, sous l'influence bienfaisante des soins tendres et dévoués qu'on lui prodiguait; mais le malheureux était jaloux, et la jalousie empoisonnait ses jours.

Mlle Élise de Noirmont avait dix-sept ans à peine, lorsque son père la livra à cet ours enrichi. Elle avait dix-sept ans et un autre amour dans le cœur. A cet âge où l'imagination parle plus vite que la raison, elle avait placé toute sa joie, toutes ses espérances dans la tendresse d'un jeune homme de vingt ans, ami de sa famille, reçu par celle-ci sans appréhension de l'avenir, puisqu'elle avait laissé se former et grandir cette double et vigoureuse passion. Mais Frédéric Blum, Allemand d'origine, riche et intelligent, beau à la façon de tous les héros de roman, fut écarté dans des circonstances comme il s'en présente souvent.

Le père d'Élise avait, à la suite de spéculations mal combinées, compromis toute sa fortune. Négociant estimé, il allait peut-être tomber, après toute une vie de labeur, dans une situation compromettante pour son intégrité, lorsque Verannes lui prêta un appui efficace. Celui-ci, sans mettre de condition expresse à sa générosité, exprima pourtant un vœu dont la réalisation devenait un devoir pour le négociant malheureux. Il demanda la main d'Élise.

Placé entre la nécessité de satisfaire à ce que la reconnais-sance lui commandait, et celle de briser le cœur de sa fille qui était le prix de cette reconnaissance, M. de Noirmont voulut s'en rapporter à sa fille elle-même de ce qu'il avait à décider. Mais il ne soupçonnait pas dans quel piège il venait de tomber.

Verannes aimait Élise d'un amour brutal et despotique. Prendre le droit chemin pour arriver au cœur de la jeune fille eût été trop long et trop ennuyeux. Il était de ceux qui tarifent tout dans ce monde. Il était marchand; son or lui avait fait faire des tours de force bien plus extraor-dinaires : il n'aurait pas plus de peine à conclure cette affaire-ci. Il savait Blum amoureux d'Élise, et il se rendait cette justice de redouter la rivalité du jeune homme, riva-lité désavantageuse pour lui qui n'avait que sa fortune à mettre dans la balance, tandis que l'autre avait, avec la fortune, l'éducation et la jeunesse.

Les événements secondent toujours les vues des mé-chants; ils ne sont faits, croirait-on, que pour eux. M. Ve-rannes apprit un jour que de Noirmont, qui avait trop d'honneur pour avoir assez d'habileté, s'engageait dans une spéculation ruineuse. Il n'eut garde de l'en avertir. Son plan fut bientôt tracé. Il laissa son ami courir à sa perte, certain d'arriver au moment précis. Ce moment venu, il offrit sa bourse et ses conseils. De Noirmont avec la candeur de la loyauté, fut la dupe de cette grandeur d'âme. Élise se maria, et non-seulement elle accepta la main qu'on lui offrait, mais elle poussa l'abnégation au point de cacher à tous les yeux l'importance de son sacrifice, afin que le bienfaiteur de la famille ne pût croire qu'elle achetait ainsi ses bienfaits.

Frédéric, qui souffrit de la blessure faite à son amour et à son amour-propre, jura de se venger. Il ne voyait dans cet acte qu'un calcul de la part de de Noirmont : Verannes était plus riche. Cette seule circonstance expliquait le mariage. Il considéra le père d'Élise comme ayant vendu sa fille au plus offrant. Mais il ne comprenait pas que celle-ci eût pu céder à ce honteux trafic. La passion l'aveuglait, les secrètes influences qui avaient agi lui échappaient, et jusqu'aux plus nobles sentiments d'Élise devinrent de sa part l'objet de reproches, de suppositions extravagantes, folles.

D'ailleurs rien ne lui semblait au-dessus de ce qu'il avait éprouvé pour elle, et rien dès lors, si ce qu'elle lui avait juré était sincère, n'avait pu amener un abandon semblable à celui dont il était victime. Ce ne fut pas du désespoir qu'il éprouva, ce fut de la rage. Il résolut de poursuivre son ancienne amie comme le remords lui-même, de s'attacher à ses pas et de lui rappeler sans cesse, par sa présence, le parjure dont elle était coupable.

A peine Verannes était-il venu s'établir à Vaux-Renard, que Frédéric était déjà installé à Froidecourt, c'est-à-dire à ses côtés, sous ses yeux.

Verannes crut trouver dans ce fait seul la preuve d'une entente entre l'amant et la femme. Des insinuations, il passa aux reproches. Souvent il avait menacé de tuer ce rival, et lorsque Élise le suppliait, au nom du respect qu'il se devait à lui-même, de ne pas proférer de telles paroles, il considérait cette conduite comme dictée par l'intérêt coupable qu'inspirait le jeune homme.

— Je le tuerai comme un chien! s'écriait-il parfois dans les transports de sa colère; et Élise le connaissait assez pour savoir qu'il ne manquerait pas à cette horrible parole. Aussi tremblait-elle bien souvent pour celui qu'elle avait tant aimé.

Un jour d'hiver, le négociant sortit le fusil sur l'épaule; la journée était sombre; la neige tombait en abondance. Le soir on l'attendit en vain. La nuit se passa en inquiétudes, en recherches de tous genres.

Dans le délire de la douleur et à bout d'espérances, Élise eut l'idée d'envoyer à Froidecourt. Elle eut même le courage d'écrire un billet, suppliant l'ami de son enfance de lui dire s'il avait eu une rencontre avec son mari, et de tout avouer si les conséquences de cette rencontre avaient été funestes pour M. Verannes. Le messager rapporta la lettre; personne ne l'avait ouverte: M. Blum, d'après ce qu'on avait déclaré, était parti depuis trois jours pour un lointain voyage.

Malgré elle, le soupçon entra dans son esprit. Ce départ, à la veille d'un tel événement, pouvait avoir été simulé pour favoriser une rencontre et en éviter du même coup les conséquences fâcheuses. Elle y vit une vengeance lentement préparée. Je ne sais quel doux souvenir de son ancien amour, qui l'avait soutenue jusque-là au milieu de ses malheurs, fut perdu à jamais.

Le corps de Verannes fut retrouvé quelques jours plus tard sur l'une des collines qui bordent l'Amblève en deçà de Coo. Son fusil déchargé gisait non loin de lui, le canon tourné vers sa poitrine. Une balle l'avait frappé au cœur.

Pour tout le monde, cette mort pouvait être la suite d'un accident terrible amené par le hasard; pour Élise, le hasard seul n'avait pas agi en cette circonstance.

Le séjour de Vaux-Renard lui devint pénible ; elle le quitta et retourna dans sa famille d'où elle était sortie jeune et pleine d'espérance , où elle rentra triste et abattue.

IV

Élise avait une sœur, caressante enfant, joyeuse et rieuse, formant à côté de son aînée un contraste complet. Éloignée de sa famille à l'époque où s'était mariée Élise, elle avait à peine connu ce M. Verannes qui était devenu son beau-frère. Elle avait onze à douze ans lorsqu'il mourut, elle en avait seize aujourd'hui. A peine l'avait-elle connu, disons-nous, et cependant le vague souvenir qu'elle en avait conservé n'était pas favorable au défunt. Tout enfant, elle avait été témoin des traitements presque féroces qu'il avait infligés à un serviteur, et son cœur avait saigné de pitié pour ce dernier. Jamais elle n'avait oublié ni les imprécations de l'un, ni la figure contractée de l'autre. Si elle avait eu à dépeindre jamais le masque humain respirant la vengeance, c'est dans les souvenirs de cette scène qu'elle en aurait trouvé le modèle.

Rien ne devait rendre à la jeune Fanny de Noirmont le séjour de Vaux-Renard affligeant ou désagréable. Elle y venait avec l'heureuse insouciance de la jeunesse, et depuis quinze jours déjà elle y avait devancé sa sœur aînée, qui amenait, dans ce petit coin du beau pays de l'Amblève, un cousin, jeune officier, momentanément retiré du service pour se guérir d'une affection de poitrine encore à son début, mais exigeant des soins et des précautions. L'air de la campagne, les tranquilles promenades, l'absence d'émotions, était ce qui, au dire de la Faculté, devait le rétablir complétement.

La saison était belle; les cimes des montagnes étaient couronnées d'une végétation fraîche et vigoureuse. Tout respirait la joie, le bonheur, la vie.

Le jeune officier, qui s'appelait du nom de Joseph Ménaige, éprouva je ne sais quelle sensation de bien-être, surtout depuis Xhierfomont jusqu'au château. C'était dans l'intention de lui faire voir la beauté des sites qu'Élise et sa sœur avaient quitté la grand'route depuis longtemps, laissant la voiture courir par les chemins faciles, tandis qu'elles et leur hôte s'aventuraient dans les voies pittoresques, mais souvent pénibles.

— Voici, mon bon cousin, cet humble castel où depuis quinze jours j'ai travaillé aux préparatifs de votre réception, dit la plus jeune des deux sœurs en s'arrêtant au haut de la dernière ondulation de terrain qui précède le vallon de Vaux-Renard. En ce moment se faisait entendre le son de la corne du vacher rassemblant son troupeau, le chant de la fauvette et le cri du coucou, tandis qu'un panache de fumée se détachait de la haute cheminée à girouette pour serpenter un moment au-dessus de la cime des grands arbres et se perdre dans l'espace.

— C'est l'idée seule que vous m'aurez servi de maréchal des logis qui va me rendre cette habitation la plus belle et la plus agréable du monde, chère cousine.

— Oh ! ne vous y trompez pas, répondit la jeune Fanny, mon intention n'est pas de parsemer votre existence de lis et de roses. Je connais mon humeur, je laisserai tomber bien des épines sur vos pas.

Ils entrèrent dans l'avant-cour, tout encombrée par les

herses, les charrues et les chariots. Un bel attelage de bœufs revenait des champs et attendait patiemment qu'on lui eût enlevé le joug. Les vaillants animaux soufflaient bruyamment et chassaient à coups de queue les taons qui s'attachaient avec furie à leur échine.

Les voyageurs arrivèrent sous la porte; de grandes dalles couvraient le sol : devant eux montait un large escalier de pierre, à rampe de fer, parsemée d'épis et de ronces forgés au marteau. A droite et à gauche s'ouvraient deux portes basses conduisant aux appartements du rez-de-chaussée; l'une de ces portes, celle de droite, était condamnée : cette partie du bâtiment était réservée au service de la ferme. Du côté opposé était la grande salle du *château*. Celle-ci avait conservé presque intact le caractère de l'époque où elle avait été construite. Aux murs, aujourd'hui grossièrement recrépis à la chaux, se voyaient des tapisseries de cuir. Les fenêtres, grillées à l'extérieur, étaient ornées de vitrages à meneaux tourmentés, couleur gris bistre, à la mode hollandaise du xvie siècle. Le manteau de la cheminée était de marbre sculpté. Des efforts consciencieux, dénotant un véritable sens artistique, avaient été faits pour mettre l'ameublement en harmonie avec l'appartement lui-même. Bahuts massifs, chaises hautes, tentures somptueuses, lustre de cuivre, à branches élégamment recourbées, tout y était. Sur les appuis des fenêtres et sur les guéridons, de gracieux produits des anciennes verreries de Venise contenaient des fleurs et des herbes sauvages.

En pénétrant dans cet appartement tout imprégné de parfums, baigné d'une lumière chaude et ambrée, Joseph ressentit une impression indéfinissable. Son âme, attendrie et charmée, s'épanouit à mille voluptés.

— Venez donc voir, mon cousin, disait Fanny en courant à ses petits vases improvisés.

Et Joseph en se baissant pour admirer les fleurs, toucha de si près sa cousine qu'il sentit le souffle de la jeune fille courir sur sa joue. Il fut pris d'un frisson. Ses regards s'attachèrent sur ceux de Fanny, et après l'avoir considérée un instant avec une sorte d'ivresse :

— Que vous êtes belle! lui dit-il, cédant à un mouvement qu'il n'eût su maîtriser.

Élise entendit ses mots, vit l'œil enflammé de Joseph et fronça le sourcil comme si elle eût redouté quelque danger. Elle s'avança.

— Allons, s'écria-t-elle en se mettant entre les deux

jeunes gens, il faut que Fanny et moi nous réparions un peu le désordre de notre toilette. Vous-même, Joseph, vous devez avoir besoin de secouer la poussière qui recouvre vos habits. On va vous indiquer votre chambre.

Elle appela, et Joseph suivit, bien à regret, le valet de ferme que depuis quinze jours Fanny avait, à grande peine, dressé aux fonctions de valet de chambre.

Les deux femmes restèrent seules. La plus jeune gazouillait comme un oiseau, montrant la plus parfaite insouciance et le plus charmant laisser-aller.

Élise, qui ne disait mot, cherchait évidemment un prétexte pour entamer avec sa sœur une conversation difficile. Longtemps elle fureta dans les petits coffrets, dans les coupes et dans les tiroirs.

— Il est bien pâle, ce pauvre Joseph, dit-elle enfin, comme si elle avait trouvé le moyen d'entrer en matière. Il est bien souffrant !

— Bah ! l'air de ces montagnes, nos soins et notre gaieté lui auront bientôt rendu son teint rose et sa mine joviale.

Élise fit une nouvelle pose.

— Sais-tu que pendant toute la route, il n'a fait que causer avec toi?

Ce fut au tour de Fanny à relever la tête et à réfléchir.

— Pourquoi me dis-tu cela? demanda-t-elle avec étonnement.

Puis, sans attendre de réponse :

— Ce n'est pas lui qui causait avec moi; c'est moi qui faisais tous mes efforts pour détourner son esprit de ce vilain mal qui le mine. C'est si bon de rire; la joie est une si douce chose que, si tu me laisses faire, avant peu j'aurai guéri Joseph...

— Ou tu l'auras tué.

Ici Fanny ouvrit de grands yeux; elle semblait se demander si sa sœur avait tout son bon sens. Mais elle la vit si sérieuse, qu'elle ne sut plus que croire.

— Écoute, chère enfant, dit Élise : le cœur n'est pas une chose avec laquelle on joue impunément; tu sauras

5

cela plus tard. Belle et gentille comme tu l'és, tu ne peux
manquer d'exercer une vive impression sur tout homme
sensible... Or, il se pourrait que ce pauvre Joseph lui-
même eût déjà remarqué tout ce qui charme en toi, et que
tes gracieuses espiègleries eussent allumé en lui un sentiment auquel, songes-y bien, tu ne pourras jamais
répondre : car supposons que ce que je crains arrive,
qu'il t'aime enfin, te sentiras-tu disposée à sanctionner
son amour ?

— Non, non ! s'écria Fanny avec vivacité.

— Et ne crois-tu pas qu'en ce cas il souffrira ; ne
crois-tu pas qu'il t'accusera d'avoir, par ta faute, perdu
son repos, à lui qui a besoin de calme, dont la santé est
déjà profondément atteinte ?... Non, je ne veux pas, continua Élise d'une voix plus grave, je ne veux pas que les
choses puissent en arriver à ce point : pour ton bonheur,
pour celui de ce pauvre garçon, il faut que tu nous
quittes !

— Ah ! ma chère sœur, fit la petite fille, cédant à son
humeur, quel chemin tu nous fais faire ! Quelle apparence
que Joseph songe jamais à m'aimer... d'amour, comme
tu dis. Et puis s'il y songeait, je me sens de force à le
guérir si bien de cette envie, qu'il n'y reviendra plus...

D'ailleurs — et je saisis l'occasion de te livrer mon secret — j'ai fait ici une rencontre dont le souvenir me poursuit et m'occupe et qui ne me laisse aucune envie de quitter Vaux-Renard...

— Une rencontre?

— Eh! madame, croyez-vous donc qu'il n'y ait dans ces montagnes que bergers et charbonniers!... Au milieu de ces sites si bien faits pour donner carrière à l'imagination, le hasard a servi la mienne. Un roman commence et j'en suis l'héroïne!

Élise sourit, se félicitant tout bas d'une circonstance si bien faite pour éloigner de sa sœur toute idée de seconder les vues secrètes du jeune officier. Fanny avait prononcé ses dernières paroles avec une sorte d'emphase comique.

— Un jour, continua-elle, j'étais sortie avec une des filles de la ferme; le soleil se retirait derrière la montagne de Cheneux, n'éclairant plus que les hauts sommets sur lesquels l'atmosphère semblait secouer une poudre d'or. Dans les vallées, au contraire, tout prenait ce ton violacé, froid et mélancolique du crépuscule; seule la robe blanche des bouleaux, se balançant faiblement à la brise naissante

du soir, se détachait en clair sur les teintes vigoureuses
de l'ombre. Les quartiers de roc qui se dressent çà et là
au milieu de la végétation, ressemblaient à des géants en
linceul venant prendre part à quelque assemblée fantastique. Je ne disais mot, je me pressais contre le bras
de ma compagne et je me laissais aller à ces vagues impressions d'une terreur romanesque. Un cor retentit au
loin. Il fit sur moi l'effet du cor merveilleux de la chanson
allemande : mon imagination se représenta aussitôt tout
ce que les ballades et les légendes m'avaient laissé de souvenirs. A chaque instant, me semblait-il, un cerf rapide
comme le vent, ayant pour yeux des escarboucles et pour
cornes des flammes, allait passer devant nous poursuivi
par une meute silencieuse et un cavalier, la trompe aux
lèvres, soufflant, soufflant toujours hallali ! hallali !... Une
source coulait non loin de là : je ne sais pourquoi je me
figurai que le bruit des eaux était le galop des chevaux,
des chiens et du cerf de ma légende... Un taillis s'ouvrit
et un homme apparut à ma vue : je poussai un cri et
je tombai entre les bras de la femme qui était à mes côtés.
L'homme vint à moi, et, d'une voix douce et harmonieuse,
s'excusa de m'avoir effrayée. Je me remis ; j'osai lever
les yeux, et je vis une tête belle, noble, distinguée. Je bal-
butiai quelques mots; mais, à ma grande surprise, après
m'avoir considérée quelque temps, après avoir entendu
ma voix, il releva son chapeau qu'il avait jeté à mes pieds

et s'éloigna sans mot dire , disparaissant dans les ombres de la nuit.

C'est le monsieur de Froidecourt, me dit la fille qui voyait mon trouble... un monsieur qui bien longtemps a été absent et qui est revenu ici depuis peu de jours.

Mais je n'en ai rien cru ; à mon avis c'est quelque habitant des sombres parages : chaque fois qu'il m'aperçoit, il s'éloigne non sans se retourner souvent pour me revoir encore. Et tiens, ce matin même, au pied de la colline de Xhierfomont, non loin du passage d'eau, il m'est apparu ; mais à ma vue, il s'est courbé sur sa monture, et rapide comme le vent il a disparu.

Dis, Élise, ajouta la jeune fille, les yeux largement ouverts, les joues un peu décolorées, frissonnant et riant tour à tour, dis, ne crois-tu pas aussi que ce soit plutôt un fantôme qu'un être réel?

Au nom de Froidecourt, Élise avait légèrement pâli. Elle s'efforça de cacher une émotion subite, et s'étudiant à sourire :

— Va, enfant, dit-elle, ton héros me fait l'effet d'être un bourru à qui tu causes plus d'effroi que de passion.

Calme-toi et consens à descendre sur terre, après ton séjour dans le monde enchanté : donne un coup d'œil aux soins de notre petit ménage, dont dès demain je reprendrai la direction. Aujourd'hui encore tu es dame châtelaine.

Fanny s'éloigna, ayant déjà repris son humeur enjouée. Quant à la sœur aînée, aussitôt qu'elle fut seule, elle courut à l'une des fenêtres et l'ouvrit. Des pampres retombaient en festons autour de l'encadrement... Un oiseau effrayé s'envola et fit longtemps balancer les feuilles tout imprégnées de soleil. La jeune dame chercha en vain à regarder, à travers les arbres, de l'autre côté de l'Amblève. Elle sortit, fit le tour du petit domaine et descendit à pas pressés vers la rivière.

— Si mes yeux ne me trompent, les persiennes sont ouvertes, se dit-elle. Serait-il réellement de retour? Quels motifs peuvent le ramener dans cette contrée, où je croyais qu'il ne devait jamais revenir; où j'espérais ne plus le rencontrer?... Mon Dieu! quelles nouvelles épreuves me réservez-vous!

V

Il n'est rien qui embarrasse davantage que de décrire
la haute et sublime poésie que révèle la nature au moment
où le jour commence à poindre. Comment dire, en effet,
tout ce que l'on ressent au milieu de cette joie universelle
qui se manifeste quand paraît la lumière. Tout s'anime,
tout s'émeut, tout chante, tout sourit. Jusqu'au moindre
brin d'herbe dit son hymne de louange... Écoutez : la
poule caquète, le canard bat de l'aile, l'alouette siffle sa
chanson, le cheval piaffe à la porte de l'écurie. Le voyageur qui entreprend un long et rude voyage, s'en va

content, plein de courage et d'espérance. Son âme semble renaître en même temps que renaît le soleil; elle est accessible aux impressions les plus sereines; elle est jeune.

Chaque matin, comme chaque printemps, ramène ainsi au cœur la joie et la fraîcheur du premier âge, et chaque matin, chaque printemps, est une étape nouvelle dans le chemin qui conduit à la mort.

Joseph avait éprouvé bien des émotions pendant cette première journée de son arrivée à Vaux-Renard. Les grâces toutes naïves de Fanny l'avaient électrisé.

Il l'avait quittée lorsqu'elle était bien jeune encore, et il la retrouvait femme, femme adorable, vive, spirituelle, caressante, répandant autour d'elle ce je ne sais quoi qui commande le respect et tout à la fois attire invinciblement.

Joseph avait senti son âme ébranlée dès le premier moment où le regard de sa cousine était tombé sur lui; il aimait sans s'en rendre compte peut-être, mais il aimait éperdument.

Dès le matin donc et après une nuit des plus agitées, il

sortit et se dirigea vers le coteau boisé au bas duquel
Vaux-Renard est bâti. Le soleil venait de monter à l'horizon et le jeune homme, tout en goûtant les charmes de
cette heure délicieuse, repassait dans sa mémoire les in-
cidents de la première journée. Il ne sentait plus les
atteintes de l'affection qui compromettait sa santé, il n'y
pensait plus : sa vie avait pris un autre aspect. Désormais
il avait un horizon, un but, une pensée. Il ne devait, il ne
pouvait plus souffrir. L'amour de Fanny lui avait rouvert
l'existence.

Plusieurs mois à passer avec ces deux sœurs, plusieurs
mois à les voir, à les entendre sans cesse, lui semblaient
une éternité de bonheur, et l'idée seulement du bonheur
n'est-elle pas déjà le bonheur lui-même ?

Tandis qu'il disposait dans son esprit mille projets
d'avenir et qu'il laissait errer à son gré la folle du logis,
il était arrivé au milieu de la colline. Il s'assit et écouta
tous les bruits de la nature : chants des oiseaux, bour-
donnements des insectes, frémissement de la feuille sous
les rapides ondulations du lézard, taillis se brisant sous
les pieds de la biche effarée. Par-dessus tout, il entendait
un carillonnement lointain, étrange, sauvage. C'était une
sonnerie où se confondaient tous les tons. Plic, pan, tine,
ton, dom, et une voix qui se rapprochait sans cesse chan-

tait, sur un mode lent et plaintif, une chanson, dont les premières phrases, naïvement notées, faisaient sourire, mais qui prenant ensuite un caractère bien approprié à ces sites agrestes, finissait par une sorte de lamentation, de sanglot prolongé que se redisaient les échos. La sonnerie fêlée et agaçante semblait être l'accompagnement obligé de cette chanson. Joseph se sentit ému; il répéta presque instinctivement cette poésie simple dite dans le patois du pays et que nous donnons ici traduite le moins imparfaitement possible.

Bien loin de mon hameau,
J'ai perdu blanche vache;
Blanche au front, au museau,
Partout était sans tache.
Elle allait tine, tin, ton,
Faisant sonner sa clochette.
Las! depuis dans le vallon,
Plus ne revis la blanchette!
    Ah! ah! oh! oh!
Blanche, reviens au hameau!

Son œil était si doux
Et sa corne si belle;
Souvent à deux genoux,
Je tressais — l'infidèle! —

La guirlande, tine, ton,
Qui pendait à sa clochette,
Las! n'est plus dans le vallon ;
Je pleure et suis inquiète,
        Ah! ah! oh! oh!
Blanche reviens au hameau !

La voix se tut pour interpeller par leurs noms tour à tour les différents membres du troupeau.

— Eh! la Murette. Eh! la grosse Jeanne. Eh! la roussiotte! Vini donc. Puis l'une d'elles se montrant rétive, sans doute la jeune vachère courait la rappeler à l'obéissance et riait aux éclats en la poussant devant elle... Allez donc!

Las, reviens dans le vallon :
Je pleure et suis inquiète,
        Ah! ah! oh! oh!
Blanche, reviens au hameau !

Elle interrompit sa chanson.

— Bonjour grand-père, dit-elle !

— Eh! Gude! fit une voix lui répondant.

Joseph était séparé des deux interlocuteurs par quelques halliers, et s'il pouvait les entendre il ne pouvait pas les voir.

— Eh bien, l'enfant, continua celui qui venait de rencontrer la vachère, les maîtres sont-ils installés au château? je n'ai pu les saluer hier... j'avais autre chose à faire...

— Ils sont venus, grand-père, et le jeune monsieur aussi... A propos, il est bien pâle celui-ci; on le dirait malade, et pourtant je gagerais qu'il aime bien la jeune demoiselle. Si vous aviez vu comme il s'occupait d'elle!

Joseph écoutait de ses deux oreilles. Sa passion naissante, qui venait à peine de se révéler à lui-même, s'était déjà trahie pour d'autres que pour lui.

— Ah! mais, s'il aime la jeune demoiselle, il n'a qu'à bien se tenir, continua la petite bavarde, car m'est avis que le monsieur de Froidecourt a su donner dans l'œil de mamzelle Fanny et qu'elle en tient furieusement.

— Tu crois ça, toi? Eh bien, s'il en est ainsi, ce sera de la tristesse pour d'autres que pour l'homme que tu dis, Gude.

Mais depuis quelques instants le chien du père Jacques avait flairé la présence de Joseph. Il s'était doucement glissé à travers les branches serrées des taillis et était venu rejoindre le nouvel hôte de Vaux-Renard en grondant sourdement.

— Chut! dit Jacques, il y a du monde là-bas! Ici, Colas, fit-il, et ne voyant pas revenir son chien, il marcha vers l'endroit d'où partait l'appel de celui-ci.

— C'est le cousin, grand-père, dit Gude en reconnaissant Joseph; et elle laissa ses vaches courir dans les halliers au milieu desquels on les entendait secouer leurs sonnettes retenues au cou par un morceau de bois recourbé en forme de collier...

— Je le sais bien, enfant, dit tranquillement le vieillard dont l'œil s'était attaché sur le jeune homme comme s'il cherchait à le sonder jusqu'au fond de l'âme.

— Je ne pensais pas être connu de vous, mon brave, dit Joseph un peu gêné sous ce regard, et cherchant à se donner un air dégagé. Ah! Gude, continua-t-il, c'est vous, ma bonne, qui chantiez tout à l'heure cette jolie chanson? Et il se tournait vers la jeune et grosse vachère, heureux de trouver un moyen d'échapper un moment à cet œil d'inquisiteur, où il y avait certes plus de commisération que de sévérité.

— Heu! dit la fille en riant de son gros rire. Heu! jolie chanson, vous dites ça pour vous moquer, pt'être.

— Non, je la trouve bien, et la preuve c'est que je veux que tu me l'apprennes.

— Vous venez respirer l'air de nos montagnes, mon jeune ami? interrompit le vieillard qui n'avait pas cessé un moment de le considérer. Excellent air, dit-il, au milieu duquel je vis depuis près de quatre fois votre âge; car tel que vous me voyez, j'ai mes quatre-vingt-huit ans bien sonnés. Excellent air, répéta-t-il, qui avec des soins et du repos peut rendre la santé à ceux qui l'ont perdue...

Joseph comprit que la pâleur de son visage avait décelé aux yeux de ce vieillard le mal dont il était atteint. Rien ne l'affectait davantage que de voir que ses souffrances, qu'il s'efforçait de se cacher à lui-même, fussent visibles pour les autres. Il était presque honteux d'être aussi faible devant une maladie et d'exciter la compassion d'autrui. Il eût voulu que tout le monde le crût fort et bien portant. Cet air langoureux qu'il portait sur son visage, lui paraissait stupide. Par moments, il se disait avec une énergie

presque sauvage : Ah ! je ne veux pas mourir ainsi petit
à petit, je me cramponnerai à la vie quand même et nous
verrons qui de nous deux l'emportera !

L'émotion qu'il avait ressentie en entendant parler, il y
avait un instant, de ce propriétaire de Froidecourt, aimé
de celle dont la pensée lui avait un moment rendu douce
l'existence, n'avait pas peu contribué à donner à ses traits
une plus grande altération que de coutume.

Il en voulut presque à celui que Gade appelait grand-
père, de lui avoir parlé de son mal. Le berger s'en aperçut.

— Pardon, dit-il, mon ami. Je n'ai pu m'empêcher
d'être attendri en vous voyant. J'avais un fils qui vous
ressemblait et que j'ai perdu. Comme vous, il était bien
affaibli par la souffrance. Un moment j'avais espéré le
rendre à la vie, grâce aux conseils d'un homme en qui
j'ai aujourd'hui toute confiance, mais qu'à cette époque
mon fils et moi nous ne connaissions pas assez. Bernard,
c'est ainsi que se nommait mon enfant, ne suivit pas ou
pour mieux dire négligea les prescriptions du docteur, et
alors son affection devint sans remède. Écoutez-moi, jeune
homme, consultez le médecin de Rahier, il est honnête, il
est savant. Si vous tenez à vivre, seul il peut vous guérir.

Un sourire plein de mélancolie et de reconnaissance fut la seule réponse du jeune homme. Désormais, se disait-il, s'il est vrai que Fanny n'a plus de place pour moi dans son cœur, je ne tiens plus à me rétablir; un moment cette idée eût été pour moi pleine de charmes : depuis un quart d'heure, elle ne peut plus m'être qu'indifférente !

Un coup de fusil retentit dans la plaine, Joseph releva la tête comme pour interroger le vieillard.

— C'est le monsieur de Froidecourt, dit ce dernier, qui bat les taillis et qui fait sa chasse.

— Lui ! se borna à dire Joseph dont les joues se colorèrent subitement. Il faut que je le voie. Adieu, mon brave, et merci !

Et il s'en alla à grands pas.

— Pauvre garçon ! exclama le vieux berger resté seul, car Gude avait gagné la crête de la montagne : — Psit ! Colas, fit-il, et son chien qui s'était couché le nez dans les herbes se releva et suivit son maître qui remonta lentement vers l'endroit où était sa petite-fille.

VI

Joseph marchait, la colère et la jalousie au cœur ; un second coup de fusil lui indiqua la direction qu'il avait à prendre. Il passa par-dessus tous les obstacles, se déchirant souvent aux ronces, le visage fouetté par les branches des jeunes chênes, ne sentant rien qu'un invincible désir de voir ce monsieur de Froidecourt dont le nom seul avait suffi pour faire refluer tout son sang au cerveau.

Bientôt il crut reconnaître à travers les arbres une forme humaine. Un chien de chasse passa à côté de lui rapidement lancé. Quelques pas de plus, et il allait se trouver en face de celui qu'il cherchait. Il s'arrêta, se consultant pour la première fois sur ce qu'il avait à dire.

— Que lui demanderai-je? De quel droit lui imposerai-je l'obligation de renoncer à Fanny, si déjà il a su captiver son cœur? Ma cousine m'a-t-elle donné la mission de lui recommander de cesser ses démarches... Ses démarches! mais quelles sont-elles. Ce vieillard m'a mis du feu dans l'âme. Ma raison s'égare, je cours comme un fou insulter un homme qui ne m'a jamais rien fait...

La rapidité de sa course aussi bien que son émotion l'avaient mis hors d'haleine. Il s'était placé contre un jeune hêtre et y appuyait le front comme pour le rafraîchir au contact d'un corps froid. Un accès de toux le prit et le rappela au souvenir de sa situation.

— Allons! dit-il, j'allais offrir peut-être ma vie à cet homme, et ma vie n'est plus qu'un souffle... Subissons ma destinée sans murmure. Qu'il aime, qu'il soit aimé! j'aurai encore un beau rôle : celui de me sacrifier à leur bonheur.

Mais, tout en prenant cette résolution, il avait cherché de nouveau des yeux le monsieur de Froidecourt. Et comme si son instinct avait voulu contrarier les arrêts de sa raison, il se remit machinalement en marche, suivant à distance l'homme qu'il voyait devant lui.

Celui-ci atteignit une petite chaussée. Alors Joseph, prit une résolution soudaine, c'était d'aborder son rival sous prétexte d'allumer un cigare. Il pressa le pas et le rejoignit bientôt.

— Il n'y a pas longtemps que vous êtes dans ce pays? dit le chasseur, après que les premières politesses eussent été échangées.

— Je suis arrivé d'hier seulement, répondit Joseph un peu ému et s'efforçant toutefois d'être calme : j'habite le château de Vaux-Renard, et il appuya légèrement sur ces mots; j'y suis venu rejoindre Mlle de Noirmont avec sa sœur Mme Verannes.

Bien qu'il n'eût pas quitté un moment des yeux son interlocuteur, il ne vit sur ses traits aucune contraction. Décidément, se dit Joseph, ce n'est pas là l'homme que je pensais, il ne connaît pas Mme Verannes, il ne connaît pas Fanny. Voyons plus avant.

— Suivez-vous ce chemin? demanda M. de Froidecourt après un moment de silence, nous ferons route ensemble.

Joseph accepta cette proposition, et quoique le cœur lui battît à se rompre, il conserva assez bien sa raison.

Vous avez vos propriétés par ici? demanda-t-il.

— J'habite Froidecourt que j'avais quitté il y a long-temps, et où je suis revenu il y a quinze jours à peu près.

C'est pourtant bien du propriétaire de Froidecourt qu'a parlé le vieillard tout à l'heure, se dit Joseph mentale-ment.

— Froidecourt, n'est-ce pas cette construction qui s'élève là-bas au delà de la vallée? fit-il en élevant la voix.

— Précisément.

— Charmante situation, pittoresque et salubre. Vrai nid de chasseur, mais que, comme Vaux-Renard, on ne saurait habiter longtemps dans toute sa solitude. L'été, quand la nature est joyeuse, cette joie se communique à l'âme et la tient dans des dispositions agréables. Mais l'hiver, quand toutes ces côtes sont dégarnies et qu'il ne reste plus que les squelettes des chênes et des bouleaux, tendant leurs bras raides et décharnés, je ne sais quel sensation de froid on doit éprouver. Pour ma part, sans la vivifiante parole d'une amie ou d'une femme, je me laisserais aller, au milieu de cette nature, à une mortelle mélancolie...

— Cette mélancolie même a ses charmes. L'esprit s'endort, mais l'activité physique renaît, et la chasse avec ses émotions, ses ruses, ses fatigues, est là pour consoler de l'absence du soleil et du chant des oiseaux.

— Soit ; mais encore, ces plaisirs éteints, faut-il trouver quelqu'un à qui communiquer ses pensées quelles qu'elles soient. Vous n'habitez pas seul ce château ?

— Seul ! — Cette solitude qui vous effraye, je la recherche; elle me convient...Qu'y amènerai-je? des amis? j'ai malheureusement appris à connaître que l'amitié est un faux nom; une femme? il faudrait pour cela que je pusse compter sur leur sincérité, et je n'y crois plus... Ah! jeune homme, dit le chasseur avec un feu soudain et en posant sa main frémissante sur le bras de son interlocuteur, si vous avez quelque fierté, quelque loyauté au cœur, ne laissez jamais embraser vos sens par ce fatal éclair de l'amour, auquel on sourit et qui tue... Un moment arrive où tous vos rêves sont détruits : un caprice vous aura arraché celle en qui vous placiez votre vie;

elle était devenue la moitié de votre âme, et lorsque vous interrogez son cœur, ce cœur ne répond plus : déjà il s'est donné à un autre!...

Joseph cherchait vainement à comprendre dans ces paroles quelque chose qui se rattachât à ses secrètes appréhensions. Nulle apparence que déjà Fanny eût brisé les espérances de cet homme!... Peut-être cette amertume était-elle feinte? Il voulut connaître la vérité jusqu'au bout.

— Votre haine des femmes, dit-il en se donnant un ton dégagé, ne peut dater de loin. Vous êtes jeune encore; vos blessures se fermeront et vous reviendrez à des sentiments plus humains et plus doux.

— Jamais! croyez-le bien.

Décidément, se disait de son côté le jeune officier, ce vieil imbécile de berger m'avait bouleversé l'esprit... Eh! non; car qu'a-t-il dit au bout du compte? que l'ardeur partait de Fanny!... Et tout en se parlant ainsi, il sentait les fureurs de la jalousie l'envahir tout entier.

— Pardon! dit tout à coup le chasseur en faisant mine de prendre une autre direction et témoignant par son attitude le désir de n'être pas suivi. Mon chien se tient là-bas en arrêt devant ce fourré; il y a quelque coup à faire. J'y cours.

Et aussitôt il s'élança vers le point indiqué, n'attendant pas que Joseph lui adressât la parole, ayant plus l'air de s'enfuir que de chercher le gibier.

L'officier était arrivé dans un chemin en pente, bordé d'aunes, et au milieu duquel un rapide filet d'eau s'était creusé un lit au fond duquel il grondait sourdement. Le soleil pénétrait à peine dans cet endroit plein de calme et de silence; l'herbe des talus était haute et épaisse. Joseph s'arrêta et s'assit, un peu stupéfait de la façon dont il venait d'être quitté et incertain encore sur ce qu'il devait croire de cette rencontre, quand une voix qui le fit bondir s'écria :

— Dites-moi, vous qui étiez avec lui tout à l'heure, est-ce un sylphe ou un être de ce monde, cette forme humaine qui soudain s'est échappée?

Joseph se retourna et vit ses deux cousines l'une près de l'autre, comme si elles avaient cherché un mutuel appui contre quelque danger. C'était Fanny qui avait parlé.

— Vous ici, mes cousines! dit-il, et Dieu me pardonne! on vous dirait en proie toutes deux à une grande terreur.

— C'est cette folle enfant, répondit Élise cherchant à cacher son trouble sous un sourire, c'est cette folle enfant dont l'imagination exaltée par je ne sais quelle rencontre romanesque, s'est effrayée en vous voyant descendre ce coteau et s'est mise à pousser un cri bien fait pour effrayer.

Joseph regarda Fanny et s'efforça de comprendre ce qui se passait en elle.

— Pourquoi vous alarmer ainsi, chère cousine? cette personne est le propriétaire du château de Froidecourt, presque un voisin, un homme en chair et en os. Charmant cavalier, mais qui m'a planté là, je l'avoue, d'une façon un peu brusque.

— C'est ainsi qu'il s'enfuit chaque fois que je le rencontre, dit la jeune fille d'un ton boudeur.

— Vous l'avez donc rencontré souvent? demanda Joseph.

— Quatre fois tout au plus.

— Bah! retournons à la maison, dit Élise assez déli-
bérément en les interrompant, et laissons là cet ori-
ginal.

Que penser de tout cela? se dit Joseph. Se connaissent-
ils? Peut-être. Toutefois, chez Fanny, l'imagination seule
est en jeu. Il ne faut pas qu'elle puisse revoir cet homme :
tout espoir serait perdu pour moi. Eh! je suis fou; je
m'excite et m'anime, je me forge à plaisir mille tortures
morales. Il n'existe rien que dans ma pauvre tête malade.
Et s'il existait quelque chose, eh bien, j'en serais quitte
pour tuer cet homme ou me faire tuer par lui!

Et sur cette belle conclusion, qui lui parut de nature à le
consoler par anticipation, le jeune homme revint avec ses
deux charmantes compagnes à Vaux-Renard.

VII

Deux jours se sont écoulés. Rien n'est venu changer la situation de nos personnages les uns à l'égard des autres. Joseph avait beau veiller, le monsieur de Froidecourt ne reparaissait plus; il n'en était plus question. Insensiblement il oublia cet homme et les angoisses qu'il lui avait causées. Sa défiance s'endormit, tandis que l'espoir et la quiétude le gagnèrent.

Mais il n'y avait pas que Joseph que la présence de Frédéric Blum à Froidecourt eût troublé. Mme Verannes avait bien aussi quelque droit à se sentir mal à l'aise. Sans le savoir peut-être, elle éprouvait pour Frédéric autre chose que de l'indifférence. Et pourtant jamais la pensée ne lui vint que les relations de sa jeunesse dussent se renouer. Cette pensée lui fût venue qu'elle l'eût refoulée au fond de son âme. Nous l'avons dit, sa confiance avait été ébranlée par un soupçon terrible.

Un tourment nouveau et bien différent la tenait aujourd'hui. Personne ne savait mieux qu'elle de quelle puissance était l'impression exercée par Frédéric. Cette impression s'était déjà fait sentir à Fanny, qui pourtant avait eu à peine l'occasion d'entrevoir cet homme. Était-ce la sécurité seule de sa sœur qui l'animait, ou une sorte de transport jaloux qu'elle n'eût osé s'avouer et dont elle eût même rougi de se rendre compte? A tout prix il fallait détourner les idées de l'enfant, fût-ce en favorisant les vœux de Ménaige, vœux que quelques heures auparavant elle avait combattus presque avec énergie.

Or, deux jours se sont écoulés.

Le temps est chaud, le ciel est bas et pluvieux. La terre, après plusieurs semaines de sécheresse, boit avec avidité cette pluie bienfaisante. Retenues dans les basses régions par des couches d'air plus froides, les vapeurs restent suspendues à quelques mètres du sol et répandent sur la nature un voile opalisé. La fumée des chaumières trahit par son odeur la bruyère et le genêt qui alimentent les foyers, et donnent au pays cette senteur sauvage qui lui est propre. A part quelques rares paysans qui vont à la messe à Cheneux, car c'est dimanche, personne ne suit la grand'route. Entre cette commune et Xhierfomont, sur le chemin qui mène à Rahier, ne se distingue pour le moment âme qui vive. Cependant un léger bruit se fait entendre, dans le silence du matin, sur le *craya* de la route. C'est un tapotement sec qui arrive par intervalles chaque fois que le vent souffle avec un peu plus d'intensité.

Assis sur la berge du chemin, Jacques vient de lever la tête à ce bruit et il écoute. Le brave Colas quitte ses côtés pour aller explorer la route; il revient bientôt en agitant la queue et les oreilles, appelant par cette mimique l'attention de son maître.

— Oui, oui, Colas! j'entends; c'est lui, mon vieux, il approche.

Et se dressant sur ses deux longues jambes, maigres et nerveuses, le grand-père de Gude alla voir à son tour ce qui se passait.

A l'extrémité de la route apparaissait un cavalier dont la monture allait l'amble, et qui causait ainsi ce tic-tac lointain et cadencé.

— Eh! eh! c'est vous grand-père? dit le cavalier arrivé à vingt pas du berger.

— Oui, cher docteur, je n'étais pas fâché de vous dire le bonjour, tout en attendant Gude...

— Elle vient sur mes pas, mon vieil ami. Elle n'a pas eu de peine à me suivre de près. Je me suis arrêté souvent : je n'ai pas voulu que la journée fût perdue pour moi. J'ai été m'informer le long de la route si mes soins n'étaient pas nécessaires, et grâce au ciel! j'ai trouvé chacun en bonne santé et en bonne humeur... Il paraît qu'il n'en est pas de même à Vaux-Renard : cette charmante Mme Verannes, que je serai heureux de revoir, veut, m'a dit Gude, que j'y vienne constater l'état d'un malade sans que le malade lui-même en sache rien...

— Oui, c'est un pauvre jeune homme qui, s'il n'y prend garde, s'en ira comme mon bon Bernard.

— Quel âge a-t-il? demanda le docteur.

— Il peut avoir vingt-cinq ans tout au plus.

— Hum! vingt-cinq ans! l'âge où chez certaines natures les passions sont le plus violentes...

— Eh bien, s'il lui est défendu d'avoir une passion, j'ai bien peur que vous ne veniez trop tard... Ces jeunesses, docteur, ça a tout ce qu'il faut pour être heureux et ça dépense ses forces à des sottises. Les hommes ne savent pas se régler pour l'avenir et ils meurent avant d'avoir su vivre, ou s'ils vieillissent, ils maudissent l'existence, parce qu'ils n'en ont su retirer que des infirmités et des ennuis. Allez, docteur, celui qui sait tenir le cœur sain est sûr d'avoir le corps à l'aise. Vous savez ça, vous qui comptez parmi les honnêtes gens de ce monde... Je ne dis pas que le jeune homme soit mauvais. Bien au contraire : le regard est franc et ouvert; il y a du bon... Mais il vient des grandes villes, et les grandes villes sont des lieux de perdition. Ici nous sommes un peu plus en face du bon Dieu, et nous vivons sous son aile... Mais je vous retiens là, vous dont le temps est précieux.

— Oui, Jacques, je suis pressé d'arriver là-bas, car je suis pressé de revenir.

Et le docteur salua amicalement le vieillard, qui le regarda partir en hochant doucement la tête.

— Tiens, dit-il après quelques instants et en regardant de nouveau vers l'horizon, voilà ma Gude qui accourt. Encore une brave fille celle-là... Un cœur d'ange et des pieds de gendarme... Vivat, mon enfant, tu arpentes joliment !

— Eh ! eh ! grand-père, c'est pour me dégourdir, et puis je n'ai pas de vaches à pousser devant moi aujourd'hui : ça va plus vite.

— Je descends vers Froidecourt par Targnon ; j'ai deux mots à dire au passeur ; je savais que tu viendrais par ici, et j'ai voulu te voir... Maintenant que c'est fait, je m'en vas. Houp ! Colas, prenons nos jambes de vingt ans, mon vieux, et en route ! Ah ! dame ce sera dur, mais du lundi nous ferons le dimanche, et demain nous nous reposerons toute la journée !

— A revoir grand-père et ne prenez pas trop de fatigue.

La jeune fille se dirigea vers Cheneux, tandis que le vieux Jacques descendit par Xhierfomont pour gagner le passage d'eau.

VIII

Le docteur avait continué, toujours trottinant, sa course vers Vaux-Renard. Il y arriva bientôt et fut reçu à la porte d'entrée par Mme Verannes et sa sœur. La première protesta de son plaisir de le revoir, et le docteur fut assez embarrassé, lui qui depuis longtemps avait perdu ces manières du monde que l'on prend pour de la grâce, il fut embarrassé de répondre aux compliments qui lui étaient adressés. Sa gaucherie faillit faire rire Fanny. Pour ne pas céder à cette envie, elle courut devant et laissa sa sœur introduire le visiteur au salon.

Le docteur avait cinquante-cinq ans. Son nom était Berneux et sa résidence était Rahier. Il exerçait son art en cet endroit depuis trente ans déjà. Il avait fait d'assez bonnes études à l'ancienne université de Louvain, et aurait pu se créer une clientèle commode et convenable dans quelque grand centre de population. Élevé à la campagne, modeste dans ses goûts, peu désireux d'être mis en évidence, il préféra rentrer dans son village, fier d'y rapporter un titre qui lui procurât la considération de ses concitoyens. Mais sa jeunesse, la nouveauté de sa méthode, cette circonstance qu'il était connu de tous, lui enlevèrent dans le début, je ne dirai pas la confiance, mais l'espèce de prestige indispensable au médecin. Il eut à lutter pendant bien des années contre la défiance des paysans, qui, habitués aux façons grossières et aux charlataneries du prédécesseur de Berneux, vrai docteur Sangrado, y compris la saignée et l'eau chaude, ne comprenaient pas que la science s'entourât de si peu d'appareil.

Et cependant le médecin de Rahier n'avait pas envisagé sa position au point de vue du lucre seulement. Il pensait qu'instruit et éclairé, il devait ses conseils et ses lumières à ses concitoyens qui n'avaient pas eu comme lui le bonheur de cultiver et d'élargir leur intelligence. Bien souvent il tenta des cures morales, et il ajoutait autant de prix aux succès qu'il obtenait dans ce genre de médication que s'il fût parvenu à sauver un homme de la mort.

Berneux était actif, dévoué; grâce à ces hautes qualités, il exerçait un métier pénible, mais il l'exerçait avec un véritable amour.

Nul ne sait, au sein des grandes villes, où le médecin, couché dans un élégant équipage, va, presque sans peine et sans travail, recueillir chaque jour une ample moisson d'honoraires, ce que la vie du médecin ardennais, attaché à son devoir, comporte de sacrifices. Quelles rudes heures il a à passer! L'hiver, quand les montagnes et les plaines sont converties en désert, quand la neige efface les chemins, cache les précipices, combien de fois n'a-t-il pas à s'éloigner de sa demeure? La nuit est noire, froide, triste; à trois lieues du village, une pauvre femme se meurt; on demande du secours : le médecin doit accourir ou il vient trop tard. Le cheval lui-même, cet animal dévoué, hésite à quitter sa litière, et pendant la route des bandes de loups affamés glapissent à une courte distance... Heureux est l'homme de l'art, s'il parvient encore à sauver la créature humaine qui l'a fait demander!...

Cette vie toute de labeur et de sacrifice était celle de Berneux. Bien que robuste, il avait vieilli avant l'âge; sa fortune était encore à faire et il ne songeait pas à l'assurer.

Les premières paroles de Mme Verannes furent de pressantes instances pour que le docteur passât la journée à Vaux-Renard. Il s'en défendit. Ses malades l'attendaient ; ses heures étaient comptées.

— Nous avons aussi notre malade, objecta la jeune femme, mais il s'efforce de cacher ses douleurs, de paraître calme et tranquille. Je vous en prie, docteur, consentez au moins à rester jusqu'à ce que vous ayez pu causer avec lui, l'observer et étudier son mal sans en avoir trop l'air... Vous pourrez me tirer de l'inquiétude où me mettent souvent et la contraction de ses traits et la souffrance qu'ils expriment, chaque fois que, se croyant seul, il oublie de prendre des dehors riants et heureux...

— Je consens, madame, si, avant le dîner, je n'ai pu trouver le moyen de voir assez à loisir monsieur votre cousin.

— Fanny, dit madame Verannes en allant au-devant de sa sœur qui rentrait au salon, monsieur le docteur Berneux consent à rester dîner avec nous.

— Pourrez-vous guérir mon cousin, monsieur, dit

vivement la jeune fille qui trompa le docteur sur la nature de l'intérêt qu'elle témoignait pour le jeune homme.

— Je l'espère, mademoiselle, répliqua Berneux avec un peu d'embarras, et fasciné par ces deux beaux yeux qui le regardaient en face.

— Si vous voulez le voir, nous irons le rejoindre. Il vient de sortir : je sais où le trouver. Voulez-vous m'accompagner ?

— Avec le plus vif plaisir, mademoiselle.

— Je vous recommande surtout, dit Élise, qu'il ne connaisse pas l'objet de votre visite.

Berneux et les deux sœurs se mirent en marche du côté de la rivière. C'était là que depuis son arrivée à Vaux-Renard Joseph venait s'asseoir chaque matin, pour contempler l'Amblève dans ses bruyantes et gracieuses évolutions.

Au moment où les trois visiteurs approchaient, traversant les hautes herbes de la prairie, Joseph était absorbé par quelque profonde pensée. L'œil dirigé dans le vide, il semblait aussi inerte et aussi immobile que la pierre sur laquelle il était assis.

Fanny marchait en avant, retenant sa respiration et faisant le moins de bruit possible. Mais on eût dit que Joseph reçût tout à coup une commotion électrique : sa tête se redressa, il resta un moment comme pour étudier le genre de sensation qu'il venait d'éprouver sans doute, puis il vit Fanny tout près de le rejoindre, et comme toujours elle le salua d'un sourire, qui fit passer dans l'âme du jeune homme toutes les joies du ciel.

— Nous vous surprenons, monsieur le philosophe. A quoi pensiez-vous donc ainsi? dit Fanny, en cherchant au loin ce qui avait pu tant intéresser son cousin.

— A vous, répliqua-t-il à voix basse et de la meilleure grâce du monde.

— A nous! dit la petite méchante, faisant semblant de ne pas comprendre. Il pensait à nous, ma sœur, et à monsieur aussi, sans doute?

— Joseph, interrompit Élise, voici monsieur Berneux, de Rahier, qui consent à venir passer quelques heures avec nous. Je vous charge d'organiser et de diriger jusqu'au moment du dîner, toute espèce de réjouissance dont vous croirez les éléments à votre portée.

— Ma foi, chère cousine, ce n'est pas pour faire tort à votre retraite, mais nous ne saurions trouver ici autre chose qu'une promenade ou une causerie, et si monsieur y consent, nous pourrons lui procurer l'une et l'autre.

— C'est parfaitement trouvé, répliqua le docteur, et je suis à vos ordres.

Berneux n'avait pas manqué de chercher à saisir dans l'air, dans le maintien, dans la voix de son interlocuteur quelque moyen de se fixer sinon sur la nature du mal, du moins sur le degré d'intensité que ce mal avait acquis déjà. Mais Joseph avait juré cette fois que rien ne se révélerait au dehors, que la joie et les espérances de son cœur.

Il se croyait presque sûr maintenant que l'homme de Froidecourt n'éprouvait aucun amour pour Fanny, et il se disait que si le ciel lui donnait le courage de surmonter momentanément ses souffrances, il parviendrait bien à faire naître chez la jeune fille un peu de sympathie. Et, soit force de volonté, soit que réellement l'idée qu'il caressait eût exercé une influence salutaire sur son organisation, le jeune officier, qui d'ailleurs ne manquait ni d'esprit, ni d'éducation, ni de beauté, paraissait ce jour-là plein de santé et de vigueur.

Ils marchaient vers Coo ; les ondulations de l'air apportaient, tantôt clair comme un sifflement, tantôt sourd comme un roulement lointain, le bruit continu de la cascade.

Les promeneurs traversèrent la montagne au milieu de ce grand circuit de l'Amblève revenant sur elle-même après avoir longé les rochers pendant trois quarts de lieue, et bientôt leur apparurent la chute d'eau blanche et écumeuse, la petite et pittoresque église du village et le moulin qui, accroché à la montagne, profite des capricieux débordements de la rivière pour faire tourner son axe. Au milieu de ces grandes lignes, de cette imposante et fière nature, rien de joli à voir comme ce frêle clocher d'ardoises, ces quelques constructions éparses autour de la cascade.

Le paysage d'ailleurs était animé de la façon la plus heureuse. De longues files de paysans arrivaient du grand Coo et traversaient le pont jeté au-dessus de l'abîme où se précipite l'Amblève.

Joseph ne put s'empêcher d'admirer le costume des femmes de ce pays. C'était le premier dimanche qu'il passait dans la contrée, et il s'extasia sur l'étrange coquetterie de ces bonnes créatures, coquetterie qui consiste à se barioler, dans leur accoutrement, de rouge, de jaune, de vert, de bleu, sans le moindre égard pour l'harmonie des couleurs. Un chapeau de paille orné d'une large cocarde, une taille très-courte, des jupons assez étroitement serrés aux hanches et descendant à peine à mi-jambes, des bas bleus et de gros souliers de cuir, forment leur habillement.

Au milieu des bois et des taillis, nos promeneurs n'avaient pensé qu'aux précautions continuelles à prendre pour se préserver de déchirures ou de chutes. La conversation n'avait consisté qu'en banalités, en traits plaisants, en propos joyeux. Mais lorsque arrivés dans la plaine, il leur fallut passer la rivière, les rires devinrent plus fréquents, les petits cris de détresse, si pleins de grâce chez la femme qu'on aime, se firent entendre. C'est qu'il y avait à se risquer sur un pont volant fait de grosses pierres amoncelées, — réduit où se réfugie et se laisse prendre la truite, — et à marcher sur ces vacillantes assises rendues visqueuses par une continuelle immersion. Élise avait été la première à recommander sa sœur à Ménaige, et celui-ci pressait avec délices la main tremblante qu'on lui tendait, regardant avidement la bottine mignonne qui venait se poser prudemment sur chaque galet. Il eût voulu que la rivière fût large comme l'Océan, tant il était heureux de se trouver ainsi le protecteur de cette belle enfant dont il sentait par moment le cœur battre contre le sien. Berneux guidait Élise, plus intrépide, moins accessible à la timidité. L'émotion passée, on se remit en marche. Mme Verannes, restant quelque peu en arrière, s'adressa alors à voix basse à Berneux.

— Eh bien, docteur, que pensez-vous de ce jeune homme? Croyez-vous que ses souffrances doivent être longues ou que son mal soit sans remède?

— Évidemment, madame, dit Berneux, après avoir réfléchi un instant, votre parent s'étudie à cacher ce qui se passe en lui. Il est en ce moment sous l'empire de l'une de ces surexcitations nerveuses qui ont presque les apparences de la santé et auxquelles un indifférent pourrait se laisser prendre. Je l'observe depuis le moment où nous l'avons rencontré, et quelque impénétrable qu'il veuille paraître, j'ai calculé les progrès de son affection...

— Eh bien? dit Élise anxieuse.

— Eh bien, je crois pouvoir répondre de lui. Mais à une condition.

— Une condition? je ne comprends pas...

— Chut! laissons-les gagner du terrain. J'attaque résolûment la question... Il aime votre sœur; il l'aime avec cette ardeur pour ainsi dire maladive des natures nerveuses... Cet amour peut être, comme nous disons, un heureux dérivatif; que de fois l'état moral a corrigé l'état physique! Une pensée douce peut influer vivement sur sa santé compromise; mais il ne faut pas que la femme qui lui inspire cette pensée vienne changer le topique en poison. Votre sœur l'aimera-t-elle à son tour?

— Ah! docteur, cet amour que je craignais, que j'ai combattu même, parce que la santé de Ménaige me semblait ne plus laisser d'espoir, je ferai tout au monde pour qu'il naisse dans le cœur de Fanny.

Et tandis qu'elle prononçait ces mots, quelque chose comme un éclair traversa le regard de Mme Verannes.

— Elle ne l'aime donc pas? demanda le docteur, étonné de l'expression qu'avait prise tout à coup la physionomie de la jeune veuve.

Mais Fanny avait fait volte-face et était accourue auprès de sa sœur.

— Si nous allions voir l'église? proposa-t-elle.

Ils étaient arrivés au pied de la petite colline sur le flanc de laquelle est bâtie la chapelle dont le modeste clocher leur avait apparu si gracieux tout à l'heure.

Mme Verannes et Fanny montèrent lentement la côte, tandis que le docteur et Ménaige se dirigeaient vers l'assourdissante cascade. Ils marchaient déjà depuis quelque temps, lorsque Joseph se tourna vers Berneux, et, ne cherchant plus à conserver à ses traits cette apparence qu'il s'était efforcé de leur donner, il dit tout à coup :

— Docteur, je souffre et, par moments, j'ai peur de mourir de mes souffrances. Je ne sais quelle confiance j'ai en vous, que je n'ai jamais eue en d'autres personnes. Votre œil a déjà sondé la profondeur de mon mal, vous en connaissez toute l'étendue. Nous sommes seuls. Déclarez-moi sur l'honneur ce que j'ai à craindre ou à espérer. Ne cherchez pas à me donner le change : je suis soldat et la mort ne m'effraye pas... Mais, vous l'avouerai-je? depuis quelque temps une secrète pensée me ranime. Je m'y accroche comme à ma branche de salut. Il me semble qu'elle me fait renaître, que grâce à elle je vais revivre... Serait-ce une de ces illusions qui bercent toujours ceux qui sont atteints comme je le suis... Dites, docteur, je vous écoute.

Le brave Berneux avait été frappé du changement subit qui s'était opéré dans les traits du jeune homme. Il admirait cette force d'âme qui avait si bien caché le véritable état du corps et il s'en étonnait. La voix de Joseph dénotait tant d'émotion, d'anxiété, de désir, que le médecin en fut touché. Il se remit pourtant.

— Mon ami, dit-il en lui tendant la main, vous portez en vous-même le moyen de vous guérir. Vous n'êtes pas aussi cruellement atteint que vous le croyez peut-être ; mais vous avez les passions aussi fortes que votre âme est grande. La douleur vous tuerait, comme c'est la joie qui vous fait vivre. Tout est sensation chez vous. Un souffle vous irrite, vous émeut, vous abat ; un souffle vous relève et vous soutient. Vous êtes de ces natures tout à la fois privilégiées et malheureuses, qui dans leurs moments d'extase entrevoient le ciel et ses splendeurs, mais qu'un coup d'aile des contrariétés terrestres brisent comme verre. Je le répète, puisez en vous-même la force de résister aux coups du dehors et vous êtes sauvé...

Le jeune homme dont le front s'était incliné, le releva lentement et un scintillement d'espoir illumina son regard. Les deux sœurs les rejoignirent : Joseph reprit de nouveau son apparence calme et normale.

Cette fois, Berneux s'attacha à se trouver à côté de Fanny, laissant prendre les devants par Ménaige et Mᵐᵉ Verannes, qui comprenaient tous deux, sans doute, l'intention du docteur.

— Voilà, dit celui-ci avec une douceur toute paternelle, voilà, ma chère enfant, un homme qui vous aime et dont tout l'espoir est que vous l'aimiez un jour...

— Oh ! non, s'écria la jeune fille presque effrayée... Oh ! non qu'il ne m'aime pas, je vous en prie... Car jamais je ne pourrai avoir pour lui d'autre sentiment que l'amitié...

— Jamais ? demanda le docteur, en la regardant comme pour s'assurer de la portée de cette parole.

— Jamais ! répéta-t-elle d'une voix pénétrée qui interdit tout autre parole au médecin.

IX

Cependant le père Jacques avait gagné Targnon. La pluie avait cessé depuis assez longtemps, et le soleil perçant les nuages rendait à la nature sa splendide gaieté. Le bac se balançait sur l'onde rendue plus rapide par les averses de la nuit. Le passeur s'occupait de puiser avec une écuelle et de jeter l'eau qui était assez abondante au fond de son bateau.

Le vieux berger s'approcha doucement, et enjambant le bord du bac, il vint y tomber en même temps qu'il criait :

— Eh! donc, voici un voyageur!

Le passeur fit un soubresaut et son écuelle lui tomba des mains...

— Allons donc, mon cher, perdez cette habitude de trembler sans cesse. Des gens moins habitués que moi à vous voir, croiraient que vous avez quelque chose sur la conscience. Est-ce qu'un homme qui a perdu un œil et une jambe à la bataille, ajouta-t-il en ricanant, a peur ainsi au moindre bruit?

— Je n'ai peur de rien, dit-il d'un air fauve et en regardant furtivement autour de lui.

Aussi loin que la vue pouvait porter personne n'était visible.

— Je sais bien, répondit Jacques avec une tranquillité calculée et tout en faisant sortir de sa poche une pipe et une bourse à tabac, je sais bien que vous n'avez peur de rien, mais vous craignez tout le monde! Oh! oh! l'ami, ne me regardez pas ainsi... Si votre second œil s'enflamme comme celui-ci, vous allez brûler votre emplâtre.

Le passeur n'osait croire que ces plaisanteries eussent

une portée quelconque. Longtemps il étudia la physionomie de son compagnon, comme pour comprendre la
véritable pensée attachée aux allusions du vieillard. Il ne
rencontra qu'une expression sardonique et mordante et
s'irrita de cette expression.

— A quelle intention me parlez-vous de ce bandeau,
Jacques? dites-le-moi.

Le berger qui, pendant ce temps, avait battu le briquet,
secoua son amadou et alluma sa pipe avec une force de
poumons remarquable. Puis, levant à son tour les yeux
vers le passeur :

— M'est avis, dit-il sans quitter son ton ironique, que
vous avez dû être un joli garçon, il y a... combien de
temps s'est-il écoulé depuis cette fameuse bataille, ce
combat enfin, où vous avez laissé une de vos prunelles,
l'ami? ça devait être chaud. Combien étiez-vous l'un
contre l'autre?

— Jacques!... exclama le passeur, à bout de patience
et donnant à sa voix un ton de sombre menace.

— C'était en pleine mer, je crois, continua impitoyablement le vieillard. C'est du moins ce que vous avez dit

6

vous-même. Mais j'ai peine à me figurer une lutte sur l'eau, moi; je n'ai jamais quitté nos montagnes, et je n'ai vu de combats qu'entre homme et loups ou sangliers... l'un se mettant à l'affût de l'autre et tirant lâchement par derrière.

— Je n'ai jamais tiré ainsi, exclama le passeur hors de lui.

— Vous! non. Mais il y en a qui courent les bois l'hiver, se cachant dans le creux d'un rocher; leur ennemi passe, homme ou loup, ils tirent et se sauvent.

Le passeur essuya la sueur qui lui coulait du front. Il était visiblement en proie à une horrible torture morale. Il jeta sur le vieux berger un regard de menace, puis tout à coup poussa sa barque au milieu de la rivière.

— L'un de nous deux est de trop ici! Le malheur m'a poussé à commettre une première faute : que le besoin de ma tranquillité ne me force pas à en commettre une seconde! Vous allez me dire tout ce que vous savez... ou sans cela, je le jure ici, je vous casse la tête avec cet aviron et je vous envoie en pâture aux truites de l'Amblève.

— Heu! comme vous y allez! Les truites ne se réjouiraient pas d'une pâture de mon âge. D'ailleurs l'Amblève n'est pas si large, continua le vieillard sans perdre un moment de son sang-froid, qu'on ne puisse vous voir et cette fois-ci, votre second œil, si tant est que vous n'en ayez qu'un, ne suffirait plus pour vous cacher.

— Il n'y a personne, siffla le passeur terrible de menace...

— Pardon ! dit le berger, il y a Dieu.

Et il montra le ciel au-dessus de sa tête.

L'homme à la béquille retomba anéanti sur le banc de sa barque.

— Vous avez raison, Jacques, dit-il, je ne suis qu'un lâche ! Mais j'ai tant souffert déjà !

Le berger contempla le passeur d'un air de pitié.

— Vous me faites de la peine, dit-il. Décidément quelque grand secret vous agite... Passeur, passeur ! heureux êtes-vous d'avoir affaire à moi qui, grâce au ciel, n'ai pas tant vécu pour finir par le métier de dénonciateur. Mais soyez prudent dans vos gestes et vos paroles : vous vous trahissez malgré vous !...

— Quoi! vous ne saviez donc rien? s'écrie le passeur, blême d'effroi d'en avoir trop dit.

— Je me suis douté de tout, il y a deux jours; mais depuis longtemps je vous épiais; moins édifié que d'autres sur certain événement, j'ai voulu avoir mes apaisements... et je les ai.

Le passeur frappé de stupeur, effrayé des conséquences de cette révélation à laquelle il venait d'être entraîné, ouvrait sa pensée sur l'avenir, et sa pensée se glaçait... Son bras lâcha la rame : l'embarcation livrée au courant allait à la dérive.

— A l'aviron, mon vieux, ou nous allons nous briser contre ce rocher! cria Jacques, qui mit promptement la main à l'œuvre. Allons, du courage!... Là... encore un coup... nous y voilà! Et il sauta vivement à terre.

— Jacques! cria le passeur, sortant de sa torpeur étrange... Jacques, tu ne sais rien. Tu te trompes... J'ai voulu rire; et toi-même tu ne crois pas un mot à ce qui s'est dit...

— Silence! fit le berger, qui entendit des pas retentir sur le gravier. A ton poste, et en ce qui me concerne, dors sur tes deux oreilles : pas un mot de ma bouche ne révèlera jamais ce que j'ai pu découvrir.

Des gens arrivaient qui devaient passer la rivière. Le marinier poussa lentement son bac vers l'autre rive pour aller les prendre.

X

Le berger gravit les hauteurs de Stoumont. Bientôt il aperçut les bâtiments de Froidecourt ; il s'arrêta. Il avait besoin de se recueillir. La scène à laquelle il venait d'assister avait contribué à renverser l'ordre de ses idées, et il chercha longtemps à ressaisir un peu de calme.

Jacques, dès le premier moment où il avait rencontré Ménaige, s'était pris pour lui d'un vif intérêt et d'une sympathie à l'impulsion de laquelle il cédait avec plaisir. Ce jeune homme maladif lui rappelait son fils trop tôt arraché à son affection ; il avait le même âge ; le même mal le faisait souffrir. Et Jacques, comme s'il se fût agi de son propre enfant, se dévoua à rendre douce et heureuse l'existence précaire du jeune homme.

Il savait que Joseph était épris de Fanny, et il savait aussi, par le docteur, que cette passion dédaignée rendrait peut-être la maladie plus active. Bien que presque inconnu à Joseph, il voulait entreprendre de faire triompher sa cause, et pour cela il avait depuis la veille arrêté le parti d'aller trouver M. de Froidecourt.

Mais la scène du bac avait bouleversé son plan, et les moyens qu'il avait d'abord choisis pour réussir durent être abandonnés.

Au milieu de ses préoccupations, il se demandait si sa démarche était encore possible, lorsqu'il coupa court à toutes les objections qui s'élevaient dans son esprit, et se remettant en marche, il s'écria :

— Il faut pourtant que les positions se dessinent et que je sache à quoi m'en tenir. Après tout, c'est une bonne action que je tente, et les bonnes actions portent toujours bonheur !

Jacques, ce berger octogénaire qui se constituait si
intrépidement le soutien et le défenseur de Joseph, pouvait, à juste titre, passer pour la tradition incarnée des
événements de ce pays. Au milieu d'un royaume civilisé,
à quelques lieues de grands centres de population, il
n'avait cessé de vivre, depuis son enfance, au sein de
cette nature qu'il aimait tant, de la vie nomade et sauvage. Jamais il n'avait mis le pied dans une ville. Il n'en
connaissait la constitution et les tendances que par
l'exemple de ceux que le sort avait enlevés bons, sincères,
de leur village, pour les y ramener méchants et pervertis.
Sans cesse sous l'œil de Dieu, comme il se plaisait à le
dire lui-même, il calculait ses actes de façon à répondre
aux desseins du Créateur. Tout lui servait d'enseignement
pour y parvenir. Jeune encore, il avait compris que la
supériorité de l'homme consiste à maîtriser ou plutôt à
régler ses passions. La brute seule obéit à ses instincts.
Quelle académie, quelle université, quelle institution pourrait donner une instruction plus grande et plus complète
que celle-là ? S'il voyait des gens des grandes villes se
payer de politesses banales, de protestations, de doux
sourires et de prévenances : ces gens-là, disait-il, se
croient civilisés parce qu'ils sont parvenus à faire mentir
leur visage et leurs lèvres ; ils exécutent de fades singeries et
se sentent satisfaits s'ils ont ainsi gagné les bonnes grâces
d'un supérieur. Moi j'accoste un homme loyalement et sans

forfanterie ; je ne m'incline jamais devant personne, parce que je me sais honnête et que je puis marcher l'égal du plus élevé par le rang et par la naissance. Mais si l'un de mes semblables souffre, s'il a besoin de mon secours, quelque faible que je sois, je ne néglige rien pour accomplir ce que je crois être mon devoir...

Ailleurs qu'à la campagne, Jacques, avec ces façons-là, eût passé pour un butor, pour un mal appris...

— Monsieur de Froidecourt, dit le vieillard aussitôt qu'il se trouva auprès de Frédéric, et prenant ce ton de franche bonhomie qui lui était familier, vous allez vous étonner de ce qui m'amène. Comme toutes les vieilles gens, je suis un peu bavard, un peu indiscret : j'ajouterai cependant que je n'ai jamais trop abusé de cette manie ; mais, enfin, aujourd'hui je ferai défaut à mes habitudes... J'ai l'œil extraordinairement exercé à deviner ce qui se passe chez les hommes. Vous ne vous étonnerez pas que je sache depuis longtemps qu'en venant habiter ici une première fois, vous y veniez avec un amour dans le cœur... Il n'y a pas de mal à ça, cher monsieur, ajouta-t-il aussitôt, arrêtant un geste de Frédéric. Mais celle que vous aimiez ne pouvait plus vous appartenir... J'abrége, car je désire que vous m'écoutiez avec patience et bienveillance jusqu'au bout. Bien des événements se sont passés ici :

le deuil est descendu dans une famille... je passe... Vous savez que Mme Verannes est revenue au château ; mais elle y a amené une sœur, jeune et belle, et un cousin, bon jeune homme, dont les jours sont menacés. Bref, le jeune homme aime la jeune fille...

— Je suis heureux de l'apprendre, dit Frédéric avec un sourire qui cachait l'embarras que les paroles du vieillard lui faisaient éprouver.

— Un instant ! si vous le voulez bien, mon bon monsieur. Le jeune homme aime la jeune fille, mais la jeune fille, dont la tête court un peu la poste, vous a rencontré, et, ma foi, la voilà qu'elle ne rêve que de votre barbe noire et de votre teint brun.

— Je me dois ce témoignage, dit Frédéric, que je n'ai jamais cherché à faire naître cette passion.

— Non, vous avez raison, vous avez même évité l'enfant chaque fois que vous l'avez trouvée sur votre passage. Je vous reconnais bien là. Il en est peu venant de la ville qui eussent agi ainsi. Mais enfin, il paraît, — je ne sais tout cela que par Gude, qui me le raconte sans y attacher de mal, — il paraît que la jeune demoiselle, — encore des idées qui ne poussent que chez vous autres, celles-là, — se monte la tête d'un tas de chimères : c'est l'inconnu, le mystère qui la tente. Elle a tout à côté d'elle un homme dont elle pourrait faire le bonheur, et elle s'entiche d'un personnage qui la fuit comme la peste chaque fois qu'il la rencontre.

— Tout me sépare désormais de cette famille. J'ai bien souffert, grâce à Mme Verannes ; je ne puis vouloir nouer aucune relation avec sa sœur.

— Et vous avez raison. Aussi, je pense bien que si la petite savait ce qui s'est passé autrefois, elle serait la première à vous chasser de son souvenir. Mais ce sont de ces choses qu'il est très-difficile qu'une sœur raconte à sa sœur, surtout quand celle-ci en tient déjà... Mon Dieu ! vous comprenez cela mieux que moi, mieux que personne. Le raconter au jeune homme, c'est embarrassant aussi, si ce n'est pas davantage... J'ai sur ces affaires des idées qu'il m'est impossible de traduire en paroles, mais qui me semblent devoir exister d'instinct chez tous ceux qui pensent juste et honnêtement... J'ai cru que vous consentiriez à jouer tout le jeu. Rien ne vous retient dans ce pays... Allez-vous-en !

A cette brusque conclusion, Frédéric ne put s'empêcher de rire. Il admirait ce vieillard qui, sans trop de périphrases, le chassait tout bonnement de sa propriété.

— Vous allez rondement en affaires, mon brave. J'apprécie le motif qui vous fait agir. Mais vous vous exagérez l'importance de ce qui arrive. Je n'ai plus à m'occuper de Mme Verannes ni de sa famille; volontairement elle a fait de moi un étranger n'ayant plus aucune influence sur ce qui la concerne.

Ces paroles avaient été prononcées avec une certaine amertume que saisit parfaitement le vieux Jacques.

— C'est drôle, tout de même, dit-il en forme d'aparté et de l'air le plus naturel du monde, que le hasard vous ait fait retrouver ici presque en même temps que la veuve de M. Verannes.

Frédéric releva la tête. Il était à la fois surpris et fâché de se voir deviné dans ses secrètes pensées, alors que lui-même n'osait pas les envisager froidement. Quelque empire qu'il eût d'habitude sur lui-même, il laissa percer un peu de son dépit.

— J'ai rarement donné le droit de douter de ma loyauté. Vous êtes le seul peut-être qui puisse se vanter d'avoir eu de telles privautés. Votre âge vous sert d'excuse. Allez, l'ami, si j'ai quelque jour besoin de conseils et de leçons, je ne manquerai pas de vous faire demander.

— On dirait que vous vous fâchez, cher monsieur. Vous avez tort. J'ai grande estime de votre caractère, et il a bien fallu que je l'eusse pour venir vous trouver... Si j'avais eu le moindre doute sur votre droiture, sur votre loyauté, aurais-je essayé de vous intéresser à des personnes dont vous n'auriez pas été à même de comprendre les sentiments? Je vous eusse laissé là, vous et vos travers. On n'a pas vécu aussi longtemps pour ignorer encore que le blé ne pousse pas sur la pierre, et que l'on ne peut rien tirer d'un mauvais cœur. Vous avez aimé, vous avez souffert. Peut-il entrer dans votre idée de laisser souffrir quelqu'un d'autre? Il est certain que votre présence ici doit amener le trouble chez bien des gens, et que vous ne pouvez y rien faire de bon... à moins...

— A moins, répéta Frédéric qui semblait anxieux de voir la pensée du vieillard se traduire tout à fait...

— Que vous n'aimiez encore madame Verannes et que...

— Tais-toi, Jacques, tais-toi. Plus un mot. Si tu crois

qu'en partant d'ici j'assure la félicité de ces deux jeunes gens, je m'en irai...

— C'est bien, ça! dit le vieillard enthousiasmé. Voilà qui s'appelle agir comme un homme. Éviter de faire de la peine aux gens, c'est méritoire; et vrai vous n'étiez bon ici à rien qui vaille.

Et Jacques partit tout heureux de sa victoire.

Frédéric sortit au grand air, plutôt par instinct que de parti pris. Il allait de cette marche alourdie et paresseuse des gens que quelque grande pensée tourmente.

— Cet homme a raison, pensa-t-il, je n'aurais pas dû revenir en ces lieux : je me l'étais bien promis aussi. Mais le cœur humain est ainsi fait qu'il entraîne souvent à des extravagances, malgré les résolutions les mieux prises. Et que n'ai-je pas fait pour me défendre du désir invincible de me rapprocher de cette femme! Chose singulière! je connais cent individus qui, dans ma position, auraient depuis longtemps été consolés d'un abandon semblable à celui dont j'ai été l'objet. Dix jours leur auraient suffi pour retrouver le calme et la quiétude, l'indifférence peut-être, et voilà cinq ans que je lutte sans succès. Amour, passion devenue stupide aux yeux du vulgaire, à force d'avoir été décrite, dépeinte, défigurée, enlaidie, sottement exaltée; passion que tout le monde croit connaître et que tout le monde dit avoir éprouvée dans ses transports fiévreux, exerces-tu sur moi plus d'empire que sur d'autres? Suis-je doué de plus de sensibilité? L'impression reçue par mon âme y reste-t-elle éternellement gravée, et n'aurai-je jamais à espérer un jour l'oubli, cette souveraine consolation après laquelle j'aspire?...

Frédéric marcha longtemps. Il se dirigeait par le bois de Bassange, descendant ensuite le chemin rapide et tortueux qui serpente le long du mamelon sur lequel est bâti la ferme de Froidecourt, ce pâle vestige de l'ancien château féodal, et il arriva dans la plaine que coupe l'Amblève. Le jour touchait à son déclin; Vaux-Renard se montrait triste et monotone au milieu des grands arbres que le crépuscule commençait à teinter d'ombres. Blum s'arrêta, comme si cette vue eût réveillé en lui tout un monde de souvenirs; des voix arrivaient de l'autre côté de la rivière, apportées par la brise et glissant sur les ondes que les pluies de la nuit précédente avaient grossies, et qui dès lors étaient moins bruyantes. Il s'inclina, cherchant à voir.

— C'est elle! dit-il en réprimant de sa main les battements de son cœur. Ah! pourrais-je partir encore, sans l'avoir revue, sans avoir obtenu de sa bouche ou mon pardon ou ma condamnation?

Et il resta à épier ce qui se passait du côté du modeste manoir où rentraient Élise, sa sœur et Frédéric, qui venaient de reconduire le docteur dont le cheval filait par Cheneux, faisant retentir la route sous son pas cadencé.

XI

La lune se levait radieuse; sa lumière argentait le paysage, et l'Amblève faisait trembloter les rayons dans ses ondes mobiles.

Cherchant le calme et la solitude pour donner un libre cours à ses pensées, Mme Verannes était descendue lentement vers la rivière. Les rochers adossés à la rive dessinaient par moments leur ombre imposante ou leurs fantastiques et blanches saillies, auxquelles il semblait que çà et là s'attachaient des aigrettes de feu. Tout était silencieux, hors l'eau qui courait affairée et marmottante comme une vieille fée édentée, hors le rossignol qui lançait là bas au fond d'une touffe de noisetiers ses notes harmonieuses.

Tout à coup les regards de la jeune femme crurent distinguer quelque chose qui glissait sur l'onde à l'abri d'une longue traînée d'ombre. Elle chercha, en femme forte, en être doué de raison, à se rendre compte de ce phénomène singulier, tandis que la forme indécise d'abord, prenait insensiblement plus de consistance et s'approchait toujours. Bientôt Élise reconnut à dix pas d'elle un homme, et dans cet homme Frédéric Blum lui-même.

Cette vue la rendit froide comme un marbre. Elle sentait son sang se figer, ses membres se roidir. Elle ne perdit pas un moment pourtant et se mit rapidement en marche pour regagner Vaux-Renard.

Mais Frédéric l'avait reconnue, grâce à cette puissance de divination qu'acquiert par moments l'homme lorsqu'il s'abandonne à la vie de l'esprit et quitte la vie des sens.

—Élise, appela-t-il d'une voix légère comme un soupir, mais qui retentit au fond du cœur de la jeune femme.

Élise ! répéta-t-il en la rejoignant, est-ce vous? Ne suis-je pas le jouet d'un vain songe?... Ah! béni soit Dieu qui vous a mise sur mes pas, je pourrai vous dire une fois encore combien je vous aime!... car je vous aime encore, moi qui ai cru vous détester, vous haïr !

Mme Verannes continuait à marcher, et pas un mot ne s'échappait de ses lèvres.

— Oh! vous m'écouterez, s'écria Frédéric après l'avoir suivie quelque temps en la suppliant en vain ; vous m'écouterez, dit-il.

Et, dans un mouvement de frénésie, il força la jeune femme à rester immobile à ses côtés... Vous m'écouterez, ne fût-ce qu'un instant, et puis je vous laisserai partir pour ne plus vous revoir jamais...

Le même silence de mort accueillit ces paroles; mais Élise ne cherchait plus à fuir. Seulement elle troubla Frédéric par son attitude morne et glaciale.

A son tour, il se trouva interdit, dominé... Il venait, tout blessé, tout meurtri dans ses affections, il venait, lui qui avait à se plaindre, demander son pardon et rappeler dans cette âme que le devoir avait refroidie, la chaleur de la passion, et il rencontrait un accueil plein de méprisante froideur.

— Élise, osa-t-il dire encore en levant timidement les yeux sur cette femme devant laquelle il tremblait, et qu'il s'était cru en droit de faire trembler devant lui, avez-vous donc pu oublier ainsi à jamais et vos serments et les heures saintes où vous m'aimiez?

— Qu'avez-vous fait de mon mari? fit Mme Verannes, d'une voix sourde et menaçante.

— Votre mari! m'accuseriez-vous de sa mort?

— Oui, je vous en accuse : seul vous en êtes l'auteur.

— Malheureuse femme, qui n'avez pu comprendre que si jamais l'idée me fût venue de commettre une lâcheté, j'eusse puisé dans mon amour la force de la combattre et de la repousser! Non, vous ne croyez pas à cette culpabilité que vous m'imputez; non, vous n'avez pas pu souiller votre pensée d'une pareille supposition. Élise, appelez à votre secours votre raison et le souvenir de la tendresse que vous aviez autrefois pour moi, et retirez ce mot terrible que vous avez prononcé tout à l'heure.

— Qu'avez-vous fait de mon mari? demanda de nouveau Elise plus terrible encore.

— Je l'ai haï, je l'ai maudit, parce qu'il m'avait arraché mes illusions, mes espérances; j'ai souhaité sa mort, je l'avoue; n'avait-il pas tué mon bonheur?... Mais ma main aurait-elle pu jamais s'appesantir sur lui; de quelque puissance que fût ma passion, eût-elle pu me pousser à l'infamie, alors que libre dans votre choix vous aviez pris cet homme pour époux? Non, Élise, je le répète, vous ne le croyez pas... Revenez à vous-même. Vous si douce, si compatissante, si pleine d'abnégation; éteignez ce courroux qui vous agite et rendez-moi tout au moins votre estime, car je n'en ai pas plus démérité que de votre amour.

— Et mon repos, qu'en avez-vous fait? Vous vous êtes montré implacable, et je me montrerais clémente! Me poursuivant jusque dans cette retraite où saintement dévouée au devoir, au devoir qui m'était imposé par la fatalité, je cherchais le calme et l'oubli, vous êtes venu sans cesse, impitoyablement, sans merci, vous poser entre moi et le but que j'avais à atteindre. Je gravissais avec courage le calvaire de mon existence nouvelle; vous, par la torture de vos obsessions, vous travailliez à m'en précipiter pour me faire ramper dans une voie fausse et criminelle... Non, non, ni pardon, ni oubli!

Il n'est pas possible à la plume de rendre ni la véhé-
mence de cette femme poussant le sentiment du devoir
jusqu'au délire, ni l'agitation de cet homme qui cherchait vainement par la force de sa volonté à opposer une
barrière à l'indignation, à la douleur, qui bouillaient en
lui... Sa lèvre frémissait, tout son corps semblait obéir
aux convulsions de son âme. Tant d'émotion le brisait ; il
allait éclater, un dernier effort le sauva... Des sanglots
se pressèrent dans sa poitrine.

— Et dire qu'elle n'a pas compris que ma seule faute
était de trop l'aimer ! soupira-t-il à travers les larmes qui
inondaient son visage.

Élise fut attendrie. Elle comprenait tout ce que Frédéric
devait ressentir, et si elle avait été si sévère, nous allions
dire si injuste, c'est qu'elle appelait la sévérité à son secours comme une arme contre ses propres sentiments.

— Monsieur, dit-elle, je pourrais vous pardonner les
tourments personnels que vous m'avez causés ; mais je ne
puis vous pardonner également de m'avoir enlevé l'époux
auquel mon père m'avait unie.

— Oh ! vous le pouvez, car sur l'âme de celui-là même
que vous pleurez, madame, je suis innocent de sa mort.

Je ne l'ai, je vous le jure, ni cherché, ni rencontré le jour où il a disparu; j'avais quitté le pays! J'appris la mort de M. Verannes avec surprise; mais je mentirais si je n'ajoutais : et avec une certaine joie. Et pourtant, il entrait à peine dans mes intentions de profiter de cet accident pour renouer des liens que vous aviez si brusquement brisés... Vous parliez de mes poursuites, de mes obsessions?... Oui, je l'avoue, un sentiment d'amertume et de vengeance m'animait; oui, je voulais vous torturer le cœur, comme vous aviez torturé le mien, parce que je croyais impossible, par ma propre expérience, que votre amour s'éteignît et que je voulais le réveiller et le ranimer sans cesse... Mais désormais, allez en paix... Vous avez tué la pureté et la force de mon amour par le soupçon. Sot que j'étais! dit-il en se croisant les bras et courbant sa tête sur sa poitrine... Je me croyais en droit de me plaindre, et c'est moi qu'on accuse... Allons, dernières bouffées de mon espérance, envolez-vous au souffle de la colère de cette femme : tout est bien fini... L'horizon splendide que mon imagination enivrée entrevoyait encore par moments, vient de s'effacer à jamais dans une brume épaisse; mes rêves ont cessé... et je n'ai plus qu'à dire adieu à la vie!

Élise fit un mouvement.

— Oh! ne craignez-rien, dit-il avec un sourire amer.

Je ne songe pas au suicide; que ferait l'anéantissement de cette fragile enveloppe?... Je songe à cette mort morale qui doit suivre la perte certaine de votre amour. Mon âme désormais est seule; elle n'aura plus pour la faire vibrer un souvenir précieux... J'existerai, mais je ne vivrai plus. Je serai un individu, mais non plus un homme, c'est-à-dire un être cherchant le culte du bien et du beau, et élevant sans cesse sa pensée jusqu'à Dieu, pour y retrouver sans cesse celle qu'il adorait. Je vais retomber, orphelin et déshérité, dans cette société stupide et grossière. Comme il y a trois ans, je chercherai l'oubli dans les festins et dans les fêtes. On me verra lutter avec les plus hardis et les plus forts, de folies et d'extravagances. Je viderai gaiement mon verre, sauf à le briser ensuite de colère... Je me ferai égoïste, peut-être intrigant; je marcherai à pieds joints sur ma propre considération; je bafouerai ma conscience, et l'on m'admirera! Mais je n'aurai plus en moi une étincelle de cette flamme divine qui constitue l'âme; je n'aurai plus de foi, plus d'honneur, je n'aurai plus d'amour!...

Élise ne put contenir plus longtemps son émotion. Cette douleur folle, cette aigreur de l'esprit où la raison se faisait jour par éclairs, comme s'il fallait certaines crises pour laisser entrevoir aux esprits le juste et le vrai, et leur faire déchirer le voile épais des illusions et des rêves.

— Taisez-vous, Frédéric, vous ne savez pas quel mal vous me faites!

— Ah! Élise, s'écria Frédéric, vous avez donc encore pitié de moi! Et saisissant la main de Mme Verannes, il la couvrit de sa lèvre humide.

Mais comme si ce mouvement eût rappelé la jeune femme à elle-même, elle retira vivement sa main et elle s'enfuit, s'élançant vers le petit donjon à tourelles.

Frédéric resta un instant tout surpris de cette disparition soudaine, puis il se mit à courir sur les traces de la fugitive; il allait l'atteindre, quand un bruit de pas se fit entendre dans les taillis, en quelque sorte à ses côtés. Il n'eut que le temps de faire volte-face et de descendre vivement vers l'Amblève.

Un homme parut. C'était Ménaige.

XII

Joseph avait été amené, dans sa promenade, vers un endroit élevé et solitaire; il était étendu au milieu d'une couche épaisse de bruyère en fleur, regardant les étoiles innombrables au-dessus de sa tête et sondant par la pensée la splendeur et l'étendue de l'univers, sans cesse renaissant autour de ces points lumineux semés dans l'espace, lorsque le son de deux voix se répondant était venu jusqu'à son oreille distraite. Il s'était relevé sur le coude et écoutait. Le sens des paroles lui échappa; tout ce qu'il put reconnaître, ce fut que l'on suppliait et protestait tour à tour; qu'un accent d'indignation vint dominer bientôt la conversation, pour céder enfin à des notes douces et tranquilles.

Mais quoi que fît Joseph pour se défendre d'un accès de curiosité, il ne put résister au désir de connaître ces deux acteurs lointains. Son esprit préoccupé rendait toutes les circonstances importantes. D'ailleurs, quelque chose dans cette voix de femme qu'il avait entendue, lui résonnait au cœur; il semblait que ce timbre lui fût familier...

Il se sentit pris d'une vague appréhension et bondit comme une biche effarée, descendant dans la plaine en s'accrochant des ongles et des pieds aux parois lisses du rocher.

Tout ce qu'il put voir, ce fut une ombre blanche glissant vers le castel habité par ses cousines et une autre ombre gagnant la rivière.

Sans hésiter, il courut à la poursuite de la première de ces deux apparitions, voulant connaître si ses craintes avaient quelque fondement.

La forme blanche arriva à Vaux-Renard, et en rentrant sous le porche entr'ouvert, passa sous le rayon rougeâtre d'une lampe de nuit. Joseph reconnut presque avec joie non le doux visage de Fanny, mais le profil correct et sévère d'Élise.

— Ah ! j'aime mieux ça, dit-il tranquillisé, mais essoufflé et palpitant.

Ce moment donné à ce qui le concernait personnellement, il chercha à comprendre ce qui s'était passé.

Jamais depuis la mort de M. Verannes, il n'avait connu de pensée amoureuse à cette austère et catonienne cousine. Sa froideur et sa tristesse devaient, eût-on dit, la tenir à l'abri d'une pareille faiblesse. Quel pouvait être ce personnage qui venait de la quitter ainsi?

Ménaige réfléchit qu'il n'était dans ce pays aucun homme autre que le propriétaire de Froidecourt qui fût digne de fixer l'attention d'Élise, et en même temps il se rappela non-seulement le trouble de sa cousine le jour où, revenant avec Frédéric, il l'avait trouvée tremblante à côté de sa sœur, mais il se souvint encore de l'agitation de la veuve de M. Verannes, chaque fois que le nom du solitaire d'au delà de l'Amblève avait été prononcé devant elle. D'un autre côté, Joseph se demandait comment, dans le cas où cette supposition serait exacte, Frédéric avait montré un si grand dédain, une aversion si prononcée pour les femmes, disant morte la seule qu'il eût aimée?...

— Plus de doute, conclut Joseph, quelque secrète liaison existe; il y a eu un moment de crise; ils se boudaient, ils se sont expliqués...

Et comme, après tout, ce fait devait le raffermir à jamais dans ses espérances personnelles et détruire pour lui toute crainte de rivalité, il s'abandonna à cette joie égoïste dont les cœurs les mieux trempés ne peuvent se défendre, et ne se creusa pas davantage le cerveau pour expliquer un événement qui, loin de lui nuire, assurait son repos.

Élise, de son côté, n'eut pas plutôt quitté Frédéric qu'elle se repentit d'avoir cédé à un mouvement de tendresse. Elle en éprouva quelque chose comme du remords. Cette horrible pensée qu'elle avait conçue de son ancien ami ne pouvait pas s'effacer ainsi. On ne passe pas brusquement d'un sentiment à un sentiment contraire. Il reste longtemps au fond du cœur un souvenir des anciennes tristesses, comme reste au fond d'un vase la saveur du dernier liquide que l'on y a versé.

Mme Verannes avait une âme fière et orgueilleuse, mais

l'orgueil était véritablement chez elle ce stimulant énergique pour les actes d'éclat, pour les nobles et grandes aspirations. Sans s'en douter peut-être, elle avait mis quelque coquetterie à lutter contre ses passions. Les pointes de ce cilice dont, par respect pour la volonté paternelle, elle s'était revêtue, avaient aiguillonné sa vertu, loin de l'affaiblir. Elle se sentit amoindrie dans sa propre estime depuis le moment où Blum avait pu croire à son pardon.

Elle se rendait d'ailleurs un compte exact des circonstances. Il y avait quelque chose de difficile pour une semblable nature à dévoiler ses impressions. Dire son amour, c'était faire connaître le passé, c'était revenir sur ces mêmes faits qui lui causaient des scrupules. Et puis elle éprouvait une sorte de pudeur, presque de la honte, à initier sa sœur et Joseph à des sentiments que si longtemps elle avait tenus cachés à tous les yeux. En un mot, elle était en proie à l'une de ces crises pénibles qui échappent à l'analyse et que chacun comprend d'instinct.

XIII

On était au 26 juillet, jour solennel dans la partie de l'Amblève où nous avons placé la scène de ce récit, jour de fête que chaque jeune fille attend et désire tout bas, avec un secret espoir qu'il lui sera propice. Ce jour-là toutes les paysannes qu'enchaîne encore le célibat vont prier sainte Anne de ne pas les forcer à coiffer sainte Catherine.

Tout au milieu du bois de Bassenge, non loin de Froidecourt, à proximité du chemin de Stoumont vers la

Gleize, s'élève une chapelle, bâtie vers le milieu du XVII° siècle et qu'entouraient autrefois douze hêtres gigantesques, indiquant, par leur nombre, la pensée religieuse qui avait présidé à leur plantation ; ils étaient douze comme les apôtres, douze comme les fils de Jacob, douze comme les portes de la ville sacrée de l'Apocalypse.

Cette chapelle, dédiée à l'épouse de saint Joachim, est l'objet de pèlerinages de la part de quiconque portant jupe, attend encore mari. Le 26 juillet, dès l'aube, chacun, à trois lieues à la ronde, se met en marche pour faire ses offrandes, et alors, de quelque côté que se dirigent les regards au milieu de ce pays aux grandes lignes, l'on voit une ou deux, trois et quelquefois vingt femmes en groupe marchant d'un pas intrépide et faisant retentir la route sous leur épaisse chaussure. Ces braves filles, toutes pimpantes, fières de leurs atours, vermeilles et réjouies, retroussent leur jupe si courte déjà et montrent sans timidité leurs jambes musculeuses. Pas une qui n'ait un parapluie sous le bras, parapluie de patriarche qui a servi à trois générations au moins. Le parapluie fait partie intégrante de l'habit de dimanche : pas de parapluie, pas de chapeau aux rubans frais, pas de mouchoir éclatant venant se croiser sur la poitrine, pas de robe, pas de jaquette.

Se mettent ainsi en route, les jeunes par esprit d'imitation, les vieilles par habitude. Et aussi les laides, et aussi les bossues, les cagneuses, les borgnes, les camuses. La sainte a tant de pouvoir! qui sait? cela réussira peut-être cette fois ou une autre.

Autour de la chapelle, s'aidant de ce cadre splendide du paysage, s'établissent cent industries : échoppes boiteuses, aux marchandises frelatées; jeux de tourniquet, jeux de cartes, jeux de hasard tenus par les madrés des villes voisines, et où les innocents de l'endroit vident leurs poches, se plaignant du sort quand c'est au garde champêtre qu'ils devraient se plaindre.

Nous avons dit que les jeunes filles de tout âge et de toute condition se rendent ce jour-là au bois de Bassenge; il est inutile que nous ajoutions que les *jeunes hommes*, comme on les appelle dans le pays, y vont aussi. Et leur présence contribue bien souvent à rendre plus facile la mission de la sainte et benoîte patronne.

Les habitants de Vaux-Renard allèrent, non moins que les autres, assister à cette foire pittoresque. La chose en valait bien la peine. Ils partirent, Joseph tout heureux de cette promenade, Fanny riante et gaie comme de coutume, Élise se prêtant à la joie des autres.

Le ciel était radieux, à peine quelques nuages couraient sur le bleu doré de l'espace. Et les longues processions continuaient, toujours montant ou descendant, serpentant au milieu de ces forêts naines, aux vertes chevelures que coupent des saillies de roc nu et grisâtre.

Pendant deux heures nos héros se promenèrent au milieu de ce fouillis de pèlerins et de pèlerines. Ménaige, tout tremblant, se risquait parfois à glisser quelques mots de son amour à Fanny, et Fanny faisait la sourde oreille. La moindre fleur, un insecte, une plante nouvelle, tout servait de prétexte à la jeune fille pour quitter vingt fois l'officier et courir loin de lui, et c'était toujours au moment où la conversation allait prendre corps qu'elle trouvait le moyen de s'échapper.

Joseph se dépitait; mais patient et résigné, jamais il ne manquait de renouer le fil de son discours, si souvent et si impitoyablement interrompu.

Fanny, surtout depuis le moment où le docteur Berneux lui avait parlé des vœux et des désirs de Ménaige, s'était montrée extraordinairement réservée à l'égard de celui-ci. Gaie et causeuse en présence des tiers, elle évitait avec le plus grand soin de rien faire ou de rien dire qui pût entretenir Joseph dans ses idées. Elle ne lui répondait qu'avec prudence et évitait avant tout de lui fournir l'occasion d'un tête-à-tête.

Les chimères que s'étaient créées la petite cousine finiront bien par s'envoler, pensait Joseph ; mais cela ne l'empêchait pas d'être fort désireux de hâter ce moment. La promenade qu'ils venaient d'entreprendre était certes une occasion charmante de causer de ce qui préoccupait ce jeune homme ; mais on ne lui en laissait nul loisir.

— Écoutez-moi, Fanny, dit-il dans un suprême moment de courage et retenant forcément sa cousine auprès de lui, cette fois ; il faut bien que je sache enfin à quoi m'en tenir. Je vous aime éperdument. Ne me croirez-vous jamais digne d'obtenir un peu d'amour en retour du mien?

— Voilà précisément à quoi j'aurais voulu éviter de répondre. Vous n'aviez pas besoin de me parler ainsi pour me faire connaître ce qui se passe en vous ; je m'en étais bien aperçue. Mais j'aurais voulu que vous comprissiez par vous-même la nécessité de renoncer à de pareilles idées... Hélas! pourquoi m'avoir forcée à vous dire que je n'ai pas pour vous ce genre d'attachement que vous auriez voulu rencontrer. Je n'en puis pas, mon bon Joseph, c'est plus fort que moi. Ma franchise vous paraîtra un peu

brutale ; mais je serais plus qu'une coquette, si, à vous que
j'estime, je cherchais à voiler la vérité.

— Vous avez raison et je vous remercie, dit Joseph
en baissant la tête. Je n'aurais pas dû vous en parler non
plus, car jusqu'aujourd'hui j'avais espéré quelque peu.
Dès ce moment, je n'espère plus rien.

— Mon ami, répondit Fanny touchée du ton tranquille
et profondément ému avec lequel ces paroles venaient
d'être prononcées ; je n'ai pas voulu vous faire de la
peine... Je suis loin d'être fâchée que vous m'aimiez ;
cela a lieu de me flatter, je serais fort heureuse... Mais
je considère comme une obligation de vous détourner de
pensées qui ne peuvent mener à rien... Mon Dieu ! que
vous êtes pâle et défait, s'écria-t-elle en regardant Joseph... Vous allez vous trouver mal au milieu de cette
foule. Rejoignons Élise...

— Non, dit l'officier, reprenant l'empire de lui même
par un de ces vigoureux actes de la volonté, c'est fini,
me voilà bien... Ma pauvre cousine, je vous ai inquiétée ;
mais tout est dit : je vous rends grâce de votre franchise ;
je l'apprécie, soyez-en sûre. Ce qui est plus, je suis content, maintenant que la raison m'est revenue, que nos
sentiments ne correspondent pas. Dieu fait tout pour le

mieux : il ne veut pas que vous vous attachiez à ce malheureux être souffreteux qu'un mot renverse et fait pâlir. Bel officier, parbleu !... pardon : je me donne du courage, et je jure parce que je ne veux pas pleurer.

Il y avait quelque chose de si attendrissant dans la façon de dire de Ménaige, que Fanny se sentit émue. Elle ne pouvait s'empêcher d'admirer cette douceur et cette résignation.

— Eh ! eh ! dit Joseph d'un ton assez dégagé, ne songeons plus à ces folies. Retournons à la fête.

La fête allait son train, et deux ou trois violons, accompagnant des complaintes navrantes, grinçaient dans la foule... Mais bientôt le vent agita les cimes des arbres... Les toiles des échoppes frémirent comme prises d'un frisson ; le soleil se cachait... Du fond de l'horizon accourut, tout chargé de colère, un nuage sombre, frangé de mèches rousses... Le vallon redit au vallon un roulement d'abord sourd, puis plus bruyant... De larges gouttes d'eau tombaient, et tombaient plus pressées d'instant en instant. Poussant des cris aigus, les hirondelles fuyaient au loin.

Ce fut au premier moment quelque chose comme de

l'étonnement qui se manifesta ; les plus intrépides restèrent bravement en fête ; les plus prudents, tirant leurs coiffes, troussant leurs guêtres , se disposèrent à regagner leur gîte. Mais l'ouragan se précipitait terrible, et le sauve qui peut devint général.

Les hôtes de Vaux-Renard n'avaient pas été les derniers à songer à la retraite ; mais au milieu de la confusion générale ils s'égarèrent. Suivant le torrent de la foule, ils prirent un chemin opposé à celui qu'ils devaient prendre. Ils s'en aperçurent bientôt, et cherchant à revenir sur leurs pas, ils s'éloignèrent encore davantage de leur but. Heureusement Gude qui était à la fête, comme toutes les jeunes filles, arriva à temps pour les tirer d'embarras. Elle s'était blottie dans le creux d'une yeuse, et aurait parfaitement attendu la fin de l'orage, lorsqu'elle rencontra ses maîtres et leur offrit de les conduire. Cependant du temps s'était écoulé et le ciel versait la pluie à torrents. Impossible de songer à regagner Vaux-Renard ; il fallait à tout prix se mettre à couvert.

Mais les habitations sont clair-semées dans ce pays aride. Il faut parfois, pour aller d'une chaumière à une autre, gravir et redescendre tout un coteau.

Nos promeneurs cherchaient avec assez peu d'espoir,

lorsque enfin leur apparut, derrière une haute haie de sureau, surmontée d'un volumineux noyer, la pente bleuâtre et luisante d'une longue toiture en ardoises. Il n'y avait pas à hésiter. Bénissant le ciel de cette trouvaille, ils franchirent la clôture. Une porte était ouverte, ils s'y précipitèrent. La pluie tombait plus drue, plus froide. A moitié aveuglés par l'eau qui les fouettait au visage, nos voyageurs égarés ne songèrent nullement à se demander en quel lieu ils étaient, ce n'était pas ce qu'il y avait de plus pressé à faire.

On les introduisit dans une chambre, au fond de laquelle brûlait, clair et joyeux, un grand feu de sarments. La chaleur bienfaisante du foyer les ranima, et tous s'amusaient de leur aventure, se raillant mutuellement de l'état où les avait mis la tempête, lorsque Gude qui, depuis un instant, avait montré quelque trouble et qui avait jeté un regard rapide par les fenêtres ouvertes sur une vaste cour, vint précipitamment à Mme Verannes et lui dit à voix basse :

— Nous sommes à Froidecourt !

Joseph entendit ces mots, et en même temps il remarqua la mortelle pâleur qui envahit soudain le front de sa cousine et l'agitation qui se peignait dans toute sa personne.

— Venez ! ne put s'empêcher de dire Élise, qui prit Fanny par la main comme pour l'entraîner. Mais à peine avait-elle fait ce mouvement irréfléchi, dont la jeune sœur n'eut pas même le temps de s'étonner, qu'une porte s'ouvrit et Frédéric apparut dans le salon.

Il y eut un de ces moments d'indécision impossible à décrire ; chacun se consulta et des impressions diverses que cette apparition dut faire naître résulta un même effet pour tous : l'immobilité et le mutisme.

Le regard de Blum parut un instant rayonner de bonheur à la vue de celle qu'il avait retrouvée naguère accessible à quelque pitié pour lui. Ce rayonnement fut aperçu par Mme Verannes, qui le prit pour un rayonnement de triomphe. S'imaginant que Frédéric considérait cette visite comme une avance, comme une sanction à ses désirs, comme un oubli du passé, elle regretta vivement que le hasard l'eût poussée dans cette demeure, et se promit bien de détromper Frédéric dans ses orgueilleuses suppositions.

Elle resta donc froide devant le sourire de son ami d'enfance, froide quand Frédéric était en proie à l'une de ces crises qui ébranlent l'âme et la remplissent d'ivresse.

Ne pouvant rien comprendre à cet accueil, il pensa qu'Élise se sentait gênée par la présence de sa sœur et par celle de Ménaige.

Joseph, lui, observait du coin de l'œil, et pas une des rapides modifications qui s'étaient manifestées dans les physionomies ne lui avait échappé.

Quant à Fanny, elle était toute à la contemplation de cet être mystérieux et étrange que tant de fois elle avait désiré voir autrement qu'à la dérobée.

Elle se disait peut-être que cet homme auquel sa complaisante imagination avait donné des proportions un peu plus grandes que nature, ne répondait pas exactement à l'image qu'elle s'en était faite, mais que, somme toute, c'était un cavalier accompli.

Frédéric avec un ton et des manières qui durent impressionner plus d'une des personnes présentes, s'excusa de ne pouvoir exercer l'hospitalité d'une façon plus digne des hôtes que le hasard lui avait envoyés. Il s'offrait à faire courir à Vaux-Renard, pour y prendre les objets nécessaires aux deux dames que l'orage avait si peu respectées.

— La pluie a cessé, dit Élise en se rapprochant d'une

des fenêtres, et sans qu'une fois ses yeux eussent cherché jusque-là à rencontrer les yeux de Frédéric; les oiseaux s'appellent et se répondent dans les buissons; le ciel s'éclaircit et déjà à l'horizon percent quelques rayons de soleil. Partons, mes amis, la route n'est pas longue.

— Souffrez au moins que je vous reconduise, dit Blum en s'avançant vers Élise, comme s'il avait voulu par ce mouvement la rappeler à elle-même.

— Nous vous épargnerons cette peine, dit assez sèchement Mme Verannes, toujours avec la même obstination dans son attitude.

Fanny, qui ne voyait dans tout cela qu'un inconcevable caprice de la part de sa sœur, fit une petite moue fort éloquente, et secoua la tête de cet air indocile et boudeur des enfants gâtés. Pourquoi partir, quand à peine elle était arrivée.

— Mais tu n'y songes pas, Élise? Nous mettre en route sans monsieur, c'est nous exposer à nous perdre une seconde fois; monsieur nous indiquera au moins la voie la plus rapide.

— Gude nous suffira, fit la jeune veuve en reprenant

sa pelisse de dentelle dont l'ondée de tout à l'heure avait fait quelque chose d'informe.

Elle s'inclina devant Frédéric et se dirigea vers la porte.

— Gude! dit Fanny de sa chaise, riant et triomphant à la fois; Gude est partie depuis un quart d'heure. Vous voyez donc bien que nous ne pouvons nous risquer dans des chemins peu connus et rendus impraticables par la pluie.

M⁰ᵐᵉ Verannes ne put insister sans se trahir; elle attendit.

Joseph ne disait mot. Sa propre situation, la certitude de n'avoir plus rien à attendre du côté de Fanny, avaient surexcité son système nerveux; il était furieux; il était jaloux même de la grâce et du laisser-aller que déployait la jeune fille en présence de ce monsieur de Froidecourt dont le nom seul avait brisé, dès le principe, ses illusions les plus chères. Tout l'exaspérait; une rage sourde, maladive, quinteuse, le travaillait. Il accusait Fanny d'être coquette, Élise d'être hypocrite, Frédéric d'être fat. Il trouvait les manières de cet homme ridicules et sa politesse insultante.

D'un autre côté, il considérait comme une comédie cette raideur que montrait Élise, tandis qu'il l'avait surprise presque en tête à tête avec Frédéric, car eût-il éprouvé encore quelque doute sur l'identité du nocturne personnage qu'il avait vu repasser l'Amblève, la subite pâleur d'Élise, l'altération de ses traits, eussent suffi pour que ce doute se dissipât. Le jeune officier était plein d'amertume; son humeur était aigrie, il se sentait injuste, il se sentait méchant, et se complaisait dans cette injustice et dans cette méchanceté.

Toutes les natures ne supportent pas les contrariétés d'une même façon : les unes s'abattent et succombent; les autres au contraire se relèvent et s'excitent. Dans l'un et dans l'autre cas, l'être intelligent et moral fait défaut : l'apathie et l'énergie qui se manifestent ne sont que la volonté qui fléchit, et qui laisse ainsi tout empire à l'instinct brutal, à l'élément déréglé dans l'homme : la passion.

Fanny cependant avait retrouvé son babil, et peu habituée à étudier son maintien, parce qu'elle agissait avec cette sincérité naïve qui est le reflet des âmes honnêtes et pures.

— Nous sommes voisins, dit-elle parlant à tous, bien

que ses paroles s'adressassent à Frédéric seulement ; nous sommes voisins, comme on l'est à la campagne, à une distance de deux collines divisées par une rivière, et chose singulière, c'est, je crois, la première fois que nous avons le plaisir de venir jusqu'ici... Vous êtes chasseur, monsieur ? La chasse est un excellent exercice qui serait des plus salutaires à mon cousin Ménaige ; il devrait quelquefois s'associer à vous pour courir les bois et les montagnes...

— Ce serait un vrai plaisir pour moi, répondit Frédéric, tandis que Joseph se mordait les lèvres de dépit.

Élise avait trop de raisons de ne pas laisser les choses aller plus loin et de ne pas permettre qu'étourdiment sa sœur fît une invitation en règle.

— J'ai hâte de rentrer ; croyez-moi, le temps nous permet de regagner notre demeure.

Et cette fois tout prouva bien qu'elle n'était nullement disposée à céder encore.

Frédéric, en homme bien élevé, eut l'air de ne pas s'apercevoir de l'humeur de son austère voisine ; il fut le premier à se mettre en mouvement, faisant jusqu'au bout les honneurs de la maison, mais exigeant toutefois qu'on

l'acceptât pour guide; et cependant il frémissait intérieu-
rement, et, comme Joseph l'avait fait de Fanny tout à
l'heure, il accusa Élise de basse coquetterie et de duplicité
de cœur.

Arrivé dehors, il fit une dernière tentative : il offrit le
bras à la jeune veuve. Elle refusa.

Gude, avons-nous dit, s'était échappée au moment où
le propriétaire de Froidecourt était entré dans le salon.
Courant tout d'une haleine jusqu'à l'endroit où le chemin
tourne brusquement pour longer cette espèce de précipice
que forme le ravin, elle s'avança entre les bruyères et les
rochers, et se faisant un porte-voix de ses deux grosses
mains toutes hâlées, elle poussa un appel modulé que
répétèrent au loin les échos.

Quelques moments s'écoulèrent; un souffle précipité se fit
entendre, et Colas, le fidèle compagnon du vieux Jacques,
monta rapidement de roc en roc jusqu'auprès de la jeune
fille.

— Bien, dit-elle, et grand-père?

— Me voilà, un peu de patience, enfant; la montée
est rude et je n'ai plus quinze ans. Que se passe-t-il?

demanda laconiquement le vieillard en posant le genou sur un énorme bloc de granit et en se soulevant pour s'y mettre debout.

— Ils sont tous à Froidecourt, et un peu par ma faute, car c'est moi qui les y ai conduits : mais la pluie nous empêchait de voir devant nous... Et puis jamais je n'étais entrée à la ferme par le côté de la Gleize...

— Et lui, demanda Jacques, l'interrompant, leur a-t-il parlé?

— Il est entré; madame était bien émue, bien triste; c'est tout ce que j'ai vu. Je suis sortie et je suis accourue pour tout vous dire, grand-père.

— Oh! oh! que va-t-il résulter de tout cela?... Mais pourquoi n'est-il pas parti comme il me l'avait promis?

Il resta un moment pensif.

— Merci, fille, dit-il; va, garde mon troupeau. Allons *hubet* et rejoins les moutons!

Un bruit de voix se fit entendre. Jacques alla bravement du côté où l'on parlait; comme il s'en était douté, c'était Ménaîge, Élise, Fanny et Blum qui sortaient de Froidecourt. Ils s'engageaient déjà dans un sentier pierreux et étroit, désigné par Frédéric comme menant le plus directement à Vaux-Renard.

— Hé! où allez-vous comme ça, vous autres? dit Jacques en apparaissant tout à coup. Croyez-vous donc que l'Amblève soit encore aussi bonne fille *qu'à ce matin?* ah! oui! essayez-donc de passer sous Cheneux maintenant, vous en aurez jusqu'à la poitrine. Et puis elle gronde et mord, la rivière. Voyez, la plaine est envahie et mon troupeau et moi nous avons été obligés de *grimper la montagne.* Il vous faudra prendre par Targnon. Ah! dame, c'est plus long, mais c'est nécessaire, à moins que monsieur, que je croyais parti, ajouta-t-il avec intention, ne veuille vous passer sur son dos...

— Soit; nous irons par Targnon, dit Frédéric.

— C'est très-bien; mais pensez-vous qu'il soit bien utile que vous accompagniez ces dames; il y a notre jeune officier et moi, et nous ne sommes pas trop ébréchés pour avoir cet honneur. Ne vous dérangez donc pas, cher monsieur, c'est inutile; la route m'est connue; il y a assez longtemps que je la pratique.

Blum comprit qu'insister eût été peine perdue avec un homme comme Jacques ; il céda de bonne grâce. Il salua Mme Verannes dont il chercha vainement à rencontrer le regard, s'inclina devant Fanny et présenta la main à Joseph.

— Monsieur, dit celui-ci d'une voix altérée, j'aurais à vous parler ; mais il est impossible de vous communiquer en ce moment ce que j'ai à vous dire. Demain à pareille heure, si vous daignez faire la route, je me trouverai dans cette clairière où la première fois que je vous ai vu vous m'avez si brusquement quitté.

— J'y serai, fit Frédéric, évidemment étonné du ton du jeune officier.

Et il remonta vers son castel, froissé et convaincu non pas de l'indifférence, mais du mépris d'Élise.

XIV

Les trois hôtes de Vaux-Renard marchaient depuis quelque temps sans que personne eût élevé la voix, quand Fanny, qui ne comprenait rien à l'air maussade de sa sœur et de son cousin, prit la parole :

— De quelle méchante humeur vous avez été aujourd'hui ! dit-elle. Ce M. de Froidecourt aura une bien triste opinion de votre caractère... Lui, qui se montrait si aimable, si empressé ; qui donnait mille preuves d'esprit et de savoir-vivre...

— Ta ! ta ! ta ! fit le vieux berger, l'interrompant assez cavalièrement. Nous avons bien autre chose à faire que de parler des fandaises de ce monsieur. Il s'agit de presser le pas ; le vent souffle d'ouest ; nous aurons encore de la pluie aujourd'hui, et il ne fera pas toujours aussi propre sur la route que dans votre salon.

Et Jacques se mit à parler longuement de la tempête, des dégâts qu'elle avait faits et des dégâts qu'amènerait encore la crue des eaux.

Le soin que les trois promeneurs devaient mettre à éviter les fondrières et les endroits difficiles, les absorbait d'ailleurs.

Ils atteignirent le passage de Targnon. L'Amblève était forte et courait rapide, soulevant le bac et le faisant balancer sous un léger tangage.

— Eh là ! fainéant, fit le vieux Jacques, hélant le passeur et riant de son rire à lui ; allons, à la besogne et vivement !

L'homme à la béquille éprouva un tressaillement et leva la tête.

Les quatre voyageurs entrèrent dans le bac, mais au

moment où Fanny passa devant le batelier, elle ne put réprimer un mouvement d'effroi.

— Oh ! fit-elle en se serrant contre Ménaige, dont elle semblait implorer la protection et qui dut à ce mouvement de sentir son âme se rouvrir, pour un instant, aux joies les plus suaves.

— N'ayez donc aucune crainte, dit Jacques avec ce calme effrayant que redoutait l'homme de la barque ; le passeur n'est pas aussi diable qu'il en a l'air ; il y a même des jours où il est tout à fait joli garçon, ça dépend du côté où on le regarde. Pas vrai, monsieur Cupidon ?

— Jacques ! Jacques ! murmura sourdement le marinier, tandis qu'il poussait de la poitrine son aviron et donnait ainsi plus de force aux mouvements.

— Arrivés ! dit le berger avec sang-froid, courant vivement à la proue et amortissant le choc du bac qui, sans cette précaution, se serait brisé contre les pilotis de la rive. Dans sa rage concentrée, le passeur avait imprimé trop d'élan à son embarcation.

— Ma foi, dit Ménaige, je ne suis pas fâché de vous

voir à terre, mes chères cousines, cet homme ne m'inspirait aucune confiance.

— Vous aviez tort, cet homme ne vous ferait aucun mal, répondit Jacques.

— C'est singulier, dit à son tour Fanny, il me semble que ce n'est pas la première fois que je vois cette figure sombre et farouche... Elle m'a rappelé le Caron du Dante qui inspira Michel-Ange, « ce nocher des marais livides, lequel avait autour des yeux des cercles de flammes. »

— Autour de l'œil, voulez-vous dire, observa malicieusement le berger.

— Maintenant, avec votre permission, continua-t-il, je vais vous laisser aller comme de grandes personnes. Vous n'ignorez pas de quel côté vous devez prendre; ce n'est pas la première fois que vous venez par ici... J'ai encore du chemin à faire, moi. Un pauvre diable m'attend à Harre; ses moutons ont la *clavai*, comme nous disons ici; et si je n'y cours mettre ordre, les brebis vont lui fausser compagnie, et c'est toute sa richesse...

Bah! fit-il, répondant à une observation de Fanny, par

le bois de Chevron, c'est tout proche, trois petites lieues à peine, et j'ai les jambes solides.

Et tandis que Jacques parlait ainsi, à deux pas de lui le passeur attachait ses amarres.

Les trois habitants de Vaux-Renard se mettaient en marche vers leur castel, quand le grand-père de Gude arrêtant Joseph, dont il n'avait pas manqué de remarquer la consternation :

— Courage, dit-il tout bas, et bon espoir ! Le père Jacques est là qui veille sur vous.

Chacun tira de son côté.

XV

La journée était bien près de finir quand Élise, Fanny et Joseph rentrèrent au petit manoir. La fatigue les accablait : partis dès le matin, ils rentraient la nuit venue, et après avoir été assez maltraités par le temps et fort agités par bien des événements imprévus.

Les deux sœurs restèrent seules. Par la fenêtre entr'ouverte de leur chambre, entraient des bouffées rafraîchissantes d'air tout imprégnées du parfum des fleurs que la brise avait caressées à son passage... Dans les angles des vitres et sous la mousseline des rideaux tout chauds encore de la chaleur du jour, bourdonnaient des essaims de moucherons, et parfois l'un d'eux allait par la chambre sonner de son clairon.

Charmantes heures d'un soir d'été, vous ne pouviez en ce moment être goûtées par ces deux jeunes femmes, qui trop à leurs propres pensées, étaient incapables de s'émerveiller de celles que vous éveillez!

Fanny n'avait pas moins que nos autres personnages trouvé matière à soucis pendant cette journée si remplie.

A peine en avait-elle eu le loisir, que son esprit l'avait reconduite au château de Froidecourt, lui faisant récapituler tout ce qui s'y était passé et peser scrupuleusement la moindre circonstance.

Sans qu'elle se l'avouât peut-être, Frédéric avait perdu de son prestige. Le merveilleux, le romanesque était pour cette folle enfant de seize ans une source si vive d'émotions, que du moment où ces deux éléments venaient à manquer, elle sentait le froid de la réalité lui glacer le cerveau.

Frédéric était certes un homme capable d'impressionner

vivement une femme. Mais il s'était si peu occupé de Fanny!

Et puis, elle y réfléchit : comme il était aimable et empressé auprès d'Élise!

— C'est singulier, se dit-elle, jamais ma sœur ne m'a répondu lorsque dans des moments d'épanchement, je lui parlais de cet homme... Aujourd'hui, je l'ai remarqué, elle semblait tremblante et interdite à sa vue. Pourquoi!... Elle ne le connaissait pas; elle ne l'avait point rencontré jusqu'à présent. D'habitude elle est bonne et prévenante; elle était acariâtre et brusque en sa présence. Elle lui en veut peut-être de m'avoir impressionnée!...

Mais, pensa-t-elle tout à coup, se connaîtraient-ils mieux que je ne le croyais?... Elle me l'aurait dit; elle m'en aurait fait confidence...

C'était Fanny qui la première avait parlé de Frédéric le jour même de l'arrivée de Joseph et de sa sœur, et elle comprit que c'était par un excès de délicatesse qu'Élise. dès ce moment, n'avait pas fait d'aveu à son tour.

— Oui, oui, conclut-elle d'une façon qui était fort logique, ils se connaissent, ils s'aiment peut-être.

Mme Verannes, accoudée à la fenêtre le menton appuyé dans la main, restait immobile le regard plongé dans le vide, et la pâle lueur des étoiles tombant sur son front en éclairait la sombre tristesse.

Fanny se leva, et, posant sa main sur le bras de sa sœur :

— Élise, dit-elle, jamais je n'eus ni peine ni plaisir que je ne vinsse t'en faire part... Une fâcheuse pensée m'oppresse et je ne saurais te la cacher : ma sœur, je n'ai plus ton amour, car je n'ai plus ta confiance ; quelque grand secret t'agite et tu ne veux pas me le communiquer.

— Enfant! dit Élise en relevant la tête et comprenant que déjà le soupçon était entré dans l'esprit de Fanny.

— Pourquoi d'abord m'avoir recommandé de me défendre contre l'amour de Ménaige, et ensuite avoir voulu en quelque sorte favoriser cet amour!... Craignais-tu que mon cœur ne fût pas capable de sacrifice aussi bien que le tien, et que je n'aurais pas su abandonner sans efforts des vues qui te fussent désobligeantes?... Il y a un secret, Élise, je le répète, et je t'en veux de m'en faire un mystère; je t'en veux, car tu m'as crue moins généreuse que toi!...

— Ah! dit Mme Verannes, attirant Fanny dans ses bras, ah! combien, en effet, je dois te paraître coupable, et combien j'ai de titres cependant à ton indulgence!... Tu parles de secret... Oui, il en existe un, et j'ai, je le confesse, commis la faute de ne pas te le faire connaître. Mais que de raisons n'avais-je pas pour me taire!... Au moment même de tout te dévoiler, je tremble, j'ai peur; j'ai peur, et je crois pourtant mon âme pure, ma conduite irréprochable. Écoute et tu en jugeras par toi-même.

Et Élise fit en rougissant l'aveu de ce premier amour pour Blum, brisé par la volonté paternelle, saintement oublié, ou, pour mieux dire, écarté par elle du jour où il devenait coupable. Elle parla des luttes que lui livra le sort, comme s'il s'était plu à la punir d'avoir obéi avant tout à la voix de la conscience et de l'honneur.

Ces deux femmes restèrent longtemps embrassées : Élise soulageant sa douleur, en la confiant à autrui; Fanny sentant grandir son amour pour sa sœur à mesure qu'elle voyait se dérouler sous ses yeux cette vie d'abnégation et de souffrance à laquelle on l'initiait tout à coup.

XVI

Tandis que ceci se passait à Vaux-Renard, le père Jacques, avec Colas à ses côtés, prenait la direction de Harre, par le bois. Il comptait couper son voyage en deux traites et passer la nuit au hameau de Chevron, profitant ainsi de la fraîcheur du soir pour faire la première traite et de la fraîcheur du matin pour faire la seconde. Le bois dans lequel il venait d'entrer formait un ravin au fond duquel passait la Lienne. Un pont de troncs d'arbres menait d'une rive à l'autre de la rivière, et nul endroit n'était plus calme, plus agreste et plus agréable.

Quiconque a vu ce pays en artiste, dédaignant les routes battues pour se risquer dans les difficultés des mauvais chemins, comme on les appelle dans la contrée, sait de quels charmes et de quelles beautés la nature s'y est montrée prodigue, quel aspect sauvage et poétique se retrouve à chaque pas! Comme on se sent loin du monde, quel isolement majestueux saisit et élève l'âme! Si, descendant dans ces abîmes boisés, on se laisse couler d'arbre en arbre, de roc en roc, on éprouve, arrivé au fond, je ne sais quelle langueur, quel besoin d'épanchement.

Tant que le soleil éclaire ce riant berceau de verdure, l'esprit y est à l'aise, il s'y plaît, il s'y rajeunit. Mais que les ombres brunes du soir y surgissent, les impressions changent tout à coup. De riante qu'elle était, cette vallée deviendra sévère, imposante, et bientôt fantastique et terrible. A cette même place où le chevreuil timide venait se désaltérer sans crainte, l'imagination créera mille scènes bizarres, surnaturelles ; des voix inconnues chanteront aux oreilles des chansons plaintives, et l'on aura compris les nuttons et les sotais, ces gnomes de nos montagnes, mieux que ne l'auront expliqué les ingénieuses suppositions de nos savants.

Jacques marchait ; la nuit était venue, et le silence n'était interrompu que par la brise se jouant dans la cime des grands arbres, ou par les eaux de la Lienne courant sur les cailloux.

Il suivait l'un de ces sentiers étroits tracés au milieu de l'herbe et des fougères par les paysans *coupant au court*. Deux ou trois fois déjà, Colas avait grondé, courant la queue basse et revenant se serrer aux jambes de son maître comme pour lui dire : ne va pas plus loin!

— Eh! Colas, sois sans crainte, j'ai mon bâton ferré. Et qui peut nous en vouloir? Les loups en se jetant sur nous n'auraient à ronger que des os, mon vieux; et si c'étaient des hommes avides, ils anéantiraient deux êtres inoffensifs et peu productifs; *boute* donc en avant et aie confiance en moi!

Malgré ces paroles encourageantes, Colas devenait de plus en plus craintif et grondeur. Le vieillard branla la tête en signe de doute et raffermit son bâton dans sa main.

Tout à coup il lui parut voir entre deux arbres une ombre se dresser devant lui.

Colas s'élança de ce côté.

— Rappelle ton chien, Jacques, ou je l'étends à mes pieds, fit une voix.

— Toi, passeur ! à cette heure, dans cet endroit !

— Je savais qu'ici je pourrais me faire entendre, sans craindre que mes paroles tombassent en d'autres oreilles que les tiennes. Je t'ai attendu... Tes plaisanteries et tes allusions doivent cesser ; je suis fatigué de ton rire... et j'ai pensé que lorsque tu m'aurais écouté, tu deviendrais plus raisonnable.

Jacques retenait Colas avec peine. Malgré l'apparence de calme de son interlocuteur, il devinait de la colère chez celui-ci. De temps en temps quelque chose semblait scintiller dans l'ombre. Le passeur était armé d'une carabine.

— Je ne refuse pas de t'entendre, dit le berger, quoique le lieu soit singulièrement choisi et que tu viennes ici peut-être avec des intentions mauvaises...

— Oh ! je savais bien ce que je faisais, répliqua le passeur... Ce n'est plus à toi de faire le fanfaron ; à mon tour de rire un peu !

— Si tu crois m'effrayer par des menaces, tu te

trompes... La crainte m'est inconnue, car j'ai la conscience pure et sans tache.

— Et moi, j'ai la mienne souillée, n'est-ce pas? Toujours des reproches, toujours des retours à cette faute fatale... Eh! crois-tu donc qu'il me soit possible de continuer plus longtemps à mener cette existence d'angoisses, de tourments? Non, non! il faut que cela finisse. Tant que personne ne me savait coupable j'ai vécu dans le remords, il est vrai, mais l'espoir de l'impunité rayonnait encore pour moi... Depuis quelque temps, cette tranquillité a passé tout à coup. Être implacable, quelles tortures ne m'as-tu pas fait souffrir! Tu connais mon secret; tu me l'as arraché et tu te plais à me le rappeler sans cesse; aujourd'hui encore, ta méchante langue me faisait mourir de terreur! Non, non! je le répète, je n'ai plus ni trêve, ni repos; le jour et la nuit, la nuit surtout, au milieu de l'ombre et du silence, je frémis; je ne craignais que moi-même, je crains tout le monde maintenant!

Et sait-on seulement ce que j'ai souffert! Sait-on de combien de larmes j'ai payé ma faute; sait-on que Dieu lui-même m'absoudrait en présence de ce que j'éprouve!... Oh! écoutez, Jacques, cette histoire, vous la saurez tout entière, et peut-être qu'alors vous vous montrerez moins disposé à rire...

Jacques courba le front, et, faisant coucher Colas à ses pieds, il recueillit en silence la confession du passeur.

— Nul être n'eut de première enfance plus douce que la mienne. Fils unique, j'étais l'objet des soins assidus de mes parents. Ils mirent tout leur orgueil à m'élever comme *un prince*, c'était leur mot. Le croirais-tu, Jacques? je reçus une éducation soignée, et qui sait combien ma destinée eût été différente, si les circonstances ne s'étaient montrées implacables envers moi!... Jeune, j'étais plein de séve, plein d'espérance; j'étais bon et sensible, car un baiser de ma mère me remplissait de joie! Mais j'étais pauvre, et de bonne heure je devins orphelin... Adieu les tendres soins; adieu les caresses! Il fallait songer au travail, au travail âpre, rude, sous la férule de l'étranger. Mon mauvais sort me jeta, à l'âge où j'aurais eu le plus besoin de soutien et de bons conseils, entre les mains d'un homme, qui le premier m'offrit son amitié et que je pris pour une providence. Il fut l'instrument de ma perte. Cet homme était un buveur, un tapageur, ne vivant que dans la débauche. Il me fit son élève et m'initia à cette existence stupide. Je fus digne de lui; je crois même qu'un instant je le dépassai en horreurs. Que voulez-vous? j'avais vingt ans à peine... Je ne sais cependant quelle voix, souvenir de mes instincts généreux, vint me souffler à l'oreille quelques paroles de honte. Je m'arrachai à cet ami,

et je cherchai ailleurs et du travail et des distractions...
Mais j'avais perdu mes meilleures années dans une quasi
oisiveté : non-seulement le travail m'était à charge, mais
j'étais incapable d'en exécuter aucun. Ne sachant vivre
en homme libre, je me mis au service d'un autre homme :
je me fis domestique. Bonne nourriture, chauds vête-
ments, gages convenables, besogne peu fatigante, c'étaient
toutes raisons tentantes pour me faire sacrifier ma liberté.
Mais le sort me ménageait bien d'autres épreuves...

Une des circonstances qui avaient le plus nui à ce que je
devinsse un bon ouvrier, c'était que livré de bonne heure
à moi-même, je voulus porter partout avec moi cette première indépendance. On me fit la réputation d'être une
mauvaise tête, et de fait, j'en eus l'air. L'homme au service duquel j'entrai, n'entendait ni réplique, ni observation. Obéissance passive. Ce régime me révolta et je
voulus résister. Mais mon maître se fit une maligne joie
de rabattre tant de fierté. Il jura de museler cet homme
qui osait menacer de montrer les dents et de mordre...
Il m'avilit aux travaux les plus indignes ; il me battit. Ma
nature dut bientôt plier sous tant de sévérité, que dis-je ?
elle s'abrutit et devint sans force, sans énergie... Je
n'avais plus même l'idée de fuir... Fuir ! où serais-je
allé ? Cet homme avait tellement étouffé en moi tout sentiment de dignité, que j'en étais venu à me croire incapable de trouver ailleurs l'existence. J'en étais venu à me

mépriser moi-même enfin... Deux ou trois années s'écoulèrent ainsi. M. Verannes était fier de son œuvre ; il s'en vantait. D'un tigre il avait fait moins qu'un mouton... Il se maria, quitta le commerce ; il voulut m'emmener ; j'eus un retour de force et de volonté ; je refusai... Va, ingrat, dit-il alors, d'un drôle qu'eût réclamé quelque jour la cour d'assises, j'avais fait un serviteur passable... — Il appelait cela avoir fait un serviteur ! — Cours à ta destinée, je t'abandonne...

Mais, pour me placer, j'avais besoin de recommandations... J'osai aller lui en demander ; furieux, exaspéré, il me jeta dehors... Mon âme s'était un peu réveillée de sa torpeur, je jurai de me venger...

— Je commence à comprendre.

— Non, Jacques, vous ne savez pas tout encore.

— Mon serment de vengeance lui vint aux oreilles. Presque ivre de quelques jours de liberté, après tant de jours de servitude, j'avais fait le fanfaron et crié bien haut ma colère et mon animosité... Il était riche, puissant ; j'étais misérable : on m'enferma comme dangereux... Mais à l'heure où les portes du cachot se rouvrirent pour moi, ma position devint plus cruelle encore, car la société

allait se montrer de plus en plus dure... Je revins dans
ce pays, où j'espérais rencontrer quelque soutien ; je savais
qu'on y vit de peu, que l'on peut y être heureux, si l'on
est sage et modeste... Tant d'illusions ne m'étaient pas
permises... C'était l'hiver, je franchissais la montagne
tout réjoui, à chaque pas que je faisais, de me retrouver
dans ces lieux qu'avait vus mon enfance, lorsque soudain, un homme, un chasseur m'apparut : c'était mon
maître lui-même... Oh! Jacques, je ne sais quel trouble
s'empara de moi à cette vue... Toutes les plaies de mon
âme se rouvrirent et saignèrent... Ma pâleur dut être
affreuse, mes dents grincèrent.

« Coquin! me cria-t-il, attribuant à des desseins funestes
cette agitation dans laquelle il me voyait, tu en veux à
mes jours!... Attends, attends! je vais te traiter comme tu
le mérites, et débarrasser la terre de ta présence... »
C'étaient de vaines menaces sans doute; mais je n'eus
pas le temps de calculer ma conduite. La rage m'aveuglait. Dans un de ces moments impossibles à décrire, je
courus sur cet homme qui m'avait tant fait souffrir; une
lutte s'engagea, il cherchait à se défendre; son fusil se
déchargea et une balle me laboura la jambe... La douleur doubla mon énergie; je le désarmai... Tu sais le
reste, murmura le passeur en se cachant le visage, ne
m'oblige pas à achever.

— Moi ! s'écria Jacques, je jure que jamais je n'ai su un mot de ce qui s'est passé alors.

— Ah ! tu veux m'abuser encore ! Homme impitoyable, tu ris même quand la douleur me brise !

— Eh donc ! cria Jacques d'une voix solennelle, qui pense à rire dans un pareil moment?... Mais, quoi ! mon instinct, l'habitude d'étudier les consciences par l'examen des physionomies, m'aura mis sur les traces de ton forfait. Je t'aurai deviné, et il ne me sera pas permis de le dire ! Parle, je veux t'écouter jusqu'au bout.

— Son arme me resta entre les mains; il me menaçait encore... Alors il me passa quelque chose devant les yeux, comme un nuage de sang; mes tempes battirent... un coup de feu partit : M. Verannès tomba sans proférer une parole... Je voulus fuir... mais les forces me manquèrent. Ma blessure dont j'avais à peine ressenti les atteintes jusque-là, m'empêchait de marcher, et pourtant combien la vue de ce cadavre me causait d'horreur !

Un suprême effort m'arracha de ces lieux et je me traînai triste, souffrant et m'affaiblissant d'instant en instant, le long de ces sentiers que j'avais parcourus le matin, et chaque buisson me semblait prendre la figure de ma victime!... Quels moments!...

Pendant deux jours, j'errai dans les bois, ayant le délire ; ma blessure s'envenimait faute de soins... j'espérais mourir : la mort ne voulut pas de moi.

Je me rétablis, bien que ma jambe restât douloureuse . je songeai alors à m'éloigner et à chercher du repos et un asile; mais je ne pouvais le faire qu'en mendiant le long de la route et en me trahissant par une marche lente et difficile... Alors, j'appris tout à coup que le bac de Targnon n'avait plus de passeur; je me risquai à demander cette place, et si le hasard me découvrait à mes ennemis, je me résignais d'avance à mon sort. Je dissimulai ma blessure en me faisant croire impotent, et dans l'exagération de mes craintes folles, je m'appliquai ce bandeau, espérant cacher ainsi mon visage à ceux qui deux semaines auparavant auraient pu me voir dans le pays... Mais bientôt je me sentis plus tranquille; quelques voix parlèrent d'un rival de M. Verannes, qui avait fui presque au jour où le crime fut commis... puis j'appris que l'on attribuait cette mort terrible à un accident de chasse... Je respirai : le temps s'écoula et chacun me laissait à mon bac...

Sauf les inquiétudes de ma conscience, je n'avais rien

qui me tourmentât, lorsque, par une fatalité sans exemple, le même jour, à la même heure, je vis revenir ici et l'homme qui, disparu, pouvait par cette disparition même couvrir mon crime et m'aider au besoin à m'en défendre, et la veuve du défunt, et cette jeune fille en présence de laquelle j'avais autrefois proféré des menaces... Quelles idées, quelles craintes terribles m'inspira le retour de ces gens!... Et comme si cela n'avait pas suffi, toi-même tu es venu ajouter encore à mon juste effroi... Non! vois-tu, s'écria-t-il en se levant avec impétuosité, il faut que cela finisse... Tant de maux ne peuvent se supporter... Ah! rien qu'à l'idée d'être à ta merci, d'avoir à redouter de ta part une imprudence, un moment de colère, un moment d'oubli, je frémis jusqu'au fond de mon être... Non, non, je le répète, c'est impossible; cette idée seule me tue...

Puis tout à coup il s'interrompit; ses membres s'agitèrent comme pris de convulsions.

— Écoute! dit-il en tendant l'oreille aux bruits de la forêt, tandis que Colas hurlait par intervalles d'une façon lugubre...

Et l'on n'entendait que le bruissement de la Lienne roulant ses ondes au fond de la vallée et le monotone ronflement des arbres agités par le vent.

Le chien hurlait toujours.

— Fais donc taire ton chien! dit le passeur, sans cesser d'être attentif; ses cris seront cause qu'on viendra nous surprendre!...

Mais Colas, avec cet instinct étrange des animaux, instinct que l'on a parfois eu raison d'élever jusqu'au rang d'intelligence, continuait ses appels plaintifs.

— Ah! tu te tairas! dit le passeur furieux.

Et, brandissant son arme, d'un coup de crosse il fendit le crâne du pauvre Colas, qui alla rouler aux pieds de son maître.

Jacques, jusque-là, avait conservé tout son sang-froid. Cette lâche action le révolta.

— Misérable! exclama-t-il en levant sa pique et en s'élançant sur le passeur.

Mais celui-ci fit une subite conversion, tandis qu'entraîné par son élan, le berger descendait bien au delà de la place qu'occupait l'homme qu'il voulait atteindre.

— Jacques! dit vivement le passeur en baissant la
voix et d'un ton où perçaient à la fois la menace et la
supplication, Jacques, ne cours pas au-devant de ta destinée! il en est temps encore, reste immobile et silencieux... Reste! répéta-t-il, ou tu auras le sort de ton
chien !

— Ah! m'eusses-tu étendu là en même temps que lui !

Mais depuis quelques instants le bruit des eaux de la
Lienne et le grave murmure du vent soufflant dans les
arbres, étaient dominés par un autre bruit encore, dont
Jacques reconnut tout à coup la cause.

— Grâce au ciel! s'écria-t-il, cette fois je suis sauvé !

— Et moi, je suis perdu, n'est-ce pas? fit le passeur,
horrible d'angoisse. Non, Jacques, j'en demande pardon à
Dieu : tu es mort !

Il épaula son arme; le coup partit; Jacques s'affaissa.

Le meurtrier s'enfuit, faisant craquer sous ses pas
rapides les tiges des halliers.

XVII

Sur la route qui serpente à vingt mètres du lieu où s'était passée cette scène, un cavalier allant l'amble s'était tout à coup arrêté au bruit de la détonation. Il comprit que quelque chose d'extraordinaire venait de se passer. Il tira un pistolet de ses fontes, mit pied à terre et entraîna hardiment son cheval dans le taillis.

— Qui est là? cria-t-il d'une voix sévère.

Un faible gémissement seul lui répondit.

11

Le docteur Berneux, car c'était lui, se dirigea du côté où cet appel s'était fait, et, ouvrant sa lanterne sourde, il chercha dans l'herbe.

— Jacques! s'écria-t-il avec un indicible étonnement, mêlé d'effroi et de douleur; mon pauvre ami, qu'est-il donc arrivé?

Il mit un genou en terre, et, soulevant le vieillard, il s'empressa de s'assurer si déjà la vie ne s'était pas retirée de ce corps inerte.

— Il respire! dit le brave médecin avec joie.

Il eut bientôt trouvé la blessure; la balle avait brisé le bras et labouré assez profondément les chairs du pectoral droit.

A l'âge de Jacques un pareil accident était grave. Berneux ne perdit pas de temps et se mit en devoir de donner les soins nécessaires à la victime.

Sa caisse à médicaments l'accompagnait toujours; il administra un cordial au malade, et au moyen de son mouchoir qu'il déchira en bandes, il pansa la plaie et remédia à la fracture. Mais la terre était humide; il était loin de tout secours, et le blessé aurait dû avoir une couche plus convenable.

Heureusement les forces revinrent à Jacques. Il sortit de son évanouissement, et après avoir jeté un regard sur Berneux :

— Merci ! dit-il en le reconnaissant.

— Pauvre et vieil ami ! quel événement est-ce là ; qui a pu avoir intérêt à te détruire ?

— Et Colas ? demanda Jacques, s'informant tout d'abord de son fidèle compagnon.

Berneux siffla le chien et explora le sol. A dix pas, le pauvre animal était étendu raide et sans vie.

— Mort ! répondit le médecin.

Le vieillard se tut ; s'il eût fait jour, Berneux aurait vu une larme sillonner les joues creuses du blessé.

— Jacques, dit le docteur, en revenant sur ses pas, tu ne peux rester en cet endroit. Il faut qu'on te trouve un gîte et une couche. Te sens-tu la force de te tenir sur mon cheval ?

— Non, pas encore. D'ailleurs il n'est pas besoin d'aller bien loin : là, à quelques pas, se trouve une hutte... j'y serai plus à l'aise que partout ailleurs.

— Viens, dit Berneux, après avoir inspecté les environs ; j'ai trouvé ce qu'il nous faut.

— En ce cas, tâchez de m'aider quelque peu ; je sens la chaleur me revenir... Qui sait? je parviendrai peut-être à me traîner.

— Bien, fit le médecin. Et au lieu de laisser marcher le vieillard, il le souleva dans ses bras, appela le cheval qui le suivit docilement, et tous trois descendirent la côte jusqu'à l'un de ces abris de branchages et de paille que se construisent les charbonniers.

— Maintenant, dit Berneux, après avoir établi le blessé et disposé l'appareil avec plus de soin, maintenant, tu vas tout me dire?...

— Eh! cher docteur, j'ai été assez mal arrangé, comme vous voyez, et Colas est tué. Pauvre Colas! fit-il en soupirant.

— Mais que signifie cet événement? qui t'a frappé? Tu as donc un ennemi? quel est-il?

— Écoutez, dit le vieillard après s'être recueilli, je ne dévoilerai à personne le nom de ce malheureux. Eh ! qui vous dit qu'il n'ait pas eu de bonnes raisons pour en agir ainsi ? Savez-vous si je n'ai pas provoqué moi-même cette lutte ?... Non, non, votre justice à vous autres hommes des grandes villes a de trop singulières façons d'agir pour que je vous livre ce criminel.

— La société a besoin de garanties de repos. Il faut qu'elle se mette en garde contre le meurtre, le meurtre que défendent et punissent les lois divines et les lois humaines. Jacques, je ne puis approuver ta conduite. Cet être qui s'est souillé d'un premier crime, ira demain, s'il peut compter sur l'impunité, en commettre d'autres... Je t'adjure, au nom de notre tranquillité, au nom du principe moral, qui vient d'être violé, je t'adjure de me dire le nom du coupable...

Le vieillard secoua la tête.

— Impossible ! dit-il.

— Jacques, ton silence est répréhensible, coupable !

— A vos yeux peut-être : aux miens, j'agirais mal si j'agissais autrement. Je refuse de parler.

Berneux comprit que, momentanément du moins, il ne parviendrait pas à lever les scrupules de Jacques. Il y avait d'ailleurs dans cette conduite du vieillard quelque chose qui excitait l'admiration du docteur.

Au bout de quelques moments de silence, le blessé qui était resté comme assoupi, rouvrit les yeux :

— Ai-je à me préparer à la mort ? demanda-t-il.

— La blessure n'offre aucun symptôme inquiétant ; mais, à ton âge, il faudrait compter sur un miracle pour qu'elle n'entraînât pas de conséquences fâcheuses.

— Cela ne sera pas tout de suite ?

— Non, Jacques, pour le moment tout est bien, grâce au ciel... et nous avons de la marge.

— Le jour ne tardera pas à paraître, dit le vieillard en cherchant à voir, par l'ouverture de la hutte, les étoiles qui brillaient au-dessus des grands arbres, — quand il sera venu, vous irez, cher docteur, demander Gude. Gude est ma seule famille, c'est mon seul bien, c'est mon enfant. Il est juste que je l'embrasse une dernière fois... Oh ! il n'y a plus aucun danger pour moi, ajouta-t-il répondant à une objection de Berneux, je puis rester seul tout le jour. Une fois le soleil à l'horizon, celui qui m'en voulait ne cherchera plus à me rejoindre.

Vainement le docteur insista-t-il encore pour obtenir quelque renseignement sur ce qui s'était passé. Jacques resta inflexible.

— Nous découvrirons le coupable malgré toi, lui dit Berneux : Dieu ne peut laisser un pareil crime impuni.

— Nous sommes d'accord : Dieu se chargera d'infliger la peine. Mais jamais, par mon aide, aucun homme n'aura cette mission.

Dès que les premiers bruits de la nature renaissante se firent entendre, dès que l'aube eut annoncé son apparition par cette brise qui parcourt la terre comme un frisson, Berneux se mit en devoir de partir pour Vaux-Renard.

Il y arriva rapidement : les domestiques de ferme attelaient les bœufs à la charrue; Gude, l'aiguillon à la main, faisait l'appel de son troupeau de vaches et allait gagner la montagne.

Le pas du cheval retentissant sur la route lui fit tourner la tête, et en reconnaissant le docteur elle poussa un petit cri d'étonnement.

— Chut! fit celui-ci en lui imposant silence. Chut! mon enfant, j'ai à te parler : ton grand-père t'attend ; un accident l'oblige à rester au bois de Chevron.

Mais la grosse fille, comme si un pressentiment lui eût révélé le danger que courait Jacques, se mit à sangloter et à crier d'une voix lamentable.

— Grand-père! il est mort!... je ne le verrai plus!...

Et jetant sa branche de houx, elle allait çà et là, donnant tous les signes du désespoir.

Joseph était levé; en deux mots, il fut au courant de ce qui s'était passé.

— Attendez-moi quelques minutes, dit-il au docteur, je retourne avec vous auprès de ce digne vieillard.

Fanny, pâle, mais plus belle et plus intéressante sous sa douce pâleur, accourut à son tour, suivie bientôt par Mme Verannes. Les deux sœurs furent vivement frappées

de la nouvelle ; Fanny pressait le docteur de questions,
voulait avoir les moindres détails et se dépitait d'en être
réduite à ne savoir que ce que savait le courrier lui-même.

Au moment de partir, Berneux parvint à rester quelques instants avec la plus jeune des sœurs.

— Bonne et charmante demoiselle, dit-il en lui prenant la main, sans trop calculer ce mouvement peut-être,
me permettez-vous de vous interroger de nouveau sur vos
sentiments à l'égard de ce brave garçon que je vais emmener auprès de Jacques ?

Fanny devint pensive.

— Vous croyez donc, docteur, que si je contrariais sa
pensée, si je repoussais ses vœux, ses jours pourraient
courir quelque danger ?

— Je suis certain au moins, mon enfant, que cet état
de langueur où nous le voyons empirerait. Tandis que si
au contraire un mot de votre bouche calmait ses angoisses,
il serait sauvé peut-être... Et tenez, le voici : comme
votre seule vue le ranime ! n'avez-vous pas remarqué tout
ce qu'il y a de noble dans cette passion, et serait-il possible que vous n'en fussiez pas touchée ?

Fanny posa sa main sur son cœur comme pour en consulter les battements.

— Qu'il espère, dit-elle à voix basse et avec un accent pénétré.

Joseph rejoignit Berneux, au moment où celui-ci, mettant le pied dans l'étrier, appelait Gude, Gude qu'il ne voyait plus auprès de lui.

Elle était loin déjà. Qui eût pu la retenir et modérer son impatience? Et tandis qu'elle allait à grands pas, à chaque ferme, à chaque maison, à chaque chaumière, elle frappait du poing, semblable à un chef de quelque ligue politique ralliant ses partisans. Elle répandait ainsi la nouvelle. Et en moins de deux heures la contrée entière était instruite, et chacun courut vers Chevron et chacun voulut voir Jacques.

XVIII

Cependant le passeur fuyait haletant, et, en moins d'un quart d'heure, il avait franchi un espace considérable. Il traversa la Lieune et remonta, toujours courant, le rocher abrupt dont les esquilles se détachaient sous ses pas. Mais l'arme accusatrice était entre ses mains. Un reste de réflexion, au milieu du délire dont il était atteint, lui disait de s'en défaire; alors revenant et se laissant retomber pour ainsi dire jusqu'au fond du ravin, il choisit l'endroit où les eaux étaient le plus profondes et y précipita son fusil qui disparut traçant à peine un léger sillon. Il recommença sa course toujours plus ardente.

Le souffle commençait à lui manquer, la sueur l'inondait et ses jambes se dérobaient sous lui. Il éprouvait cette fatale torpeur que l'on ressent en rêve, lorsqu'on cherche en vain à s'échapper et que la terre glisse et fuit sous les pieds.

Il poussa un cri qui n'avait rien d'humain, et se laissa lourdement tomber...

La fraîcheur du sol le ranima. Mais exténué, abruti, il n'eut pas la force de se relever. Dans son angoisse, il tendait l'oreille au moindre bruit de l'herbe secouant la rosée...

La nuit se passa ainsi. Il fallait qu'il retournât à son bac, et il hésitait; mais manquer à son poste était se dénoncer lui-même. Il le reconnut et regagna Targnon quand l'aube commençait à jeter dans l'espace ses blafardes lueurs.

Nul ne s'embarquait dans son bateau, qu'il ne parlât de l'événement. Bientôt il apprit ainsi que Jacques vivait encore, et presque en même temps que Jacques avait refusé de dénoncer son meurtrier.

Il se sentit moins oppressé.

On cherchait pourtant; une traque minutieuse fut faite dans le cours de la journée. Soins inutiles. On croyait saisir le coupable partout ailleurs que là où il était vérita-blement. Tout ce que l'on parvint à constater, c'est que le fusil d'un garde-chasse avait été clandestinement enlevé la veille, sans que personne se fût aperçu du rapt. Ce fusil ne se retrouva pas.

Et là-bas, dans le bois de Chevron, Jacques succombait lentement aux suites de l'attentat. Ce qu'avait prévu le docteur Berneux allait se réaliser, plus tôt encore qu'il ne le croyait; la nature ne réagissait plus avec assez d'énergie pour seconder les efforts et les soins de la science, et l'organisation extraordinaire de cet homme qui pendant près d'un siècle avait tenu tête aux orages de la vie, allait se briser.

Tant que Jacques avait pu croire que ses jours n'étaient pas près de finir encore, il n'avait pas laissé tomber de ses lèvres un seul détail de cette scène de la nuit. Mais du moment où la certitude lui fut acquise que la mort était imminente, il se montra tout à coup impatient de voir Mme Verannes. Il comprit qu'il ne pouvait emporter tout entier dans la tombe le secret du passeur. Des soupçons avaient plané sur Frédéric... Jacques devait les détruire à jamais dans l'esprit de la jeune veuve.

— Calmez votre irritation, avait dit le vieillard quand la jeune femme, surprise de cet appel, se fût rendue auprès de lui. Vous pouvez aimer encore, sans forfaire à votre conscience, celui qui depuis tant d'années vous poursuit de ses vœux; il n'a pas cessé d'être digne de vous...

Et sans désigner une seule fois le coupable, il raconta, tels que les lui avait racontés le passeur, les épisodes du meurtre de M. Verannes.

— Allez en paix, avait-il ajouté, conservez cette révélation cachée au fond de vous-même; l'homme qui m'a frappé ne songera pas à vous nuire; vous êtes hors de son atteinte...

Cependant chacun avait voulu voir le berger, les bons et les méchants : ceux-ci parce qu'ils sentent instinctivement ce qu'ajoutent à l'homme l'honneur et la droiture; ceux-là parce qu'ils avaient apprécié la sagesse de son esprit, la pureté de son cœur.

Au moment où nous le retrouvons, Berneux, assis à ses côtés, étudiait sur le noble visage du vieillard cette lutte suprême de la vie prête à s'éteindre, et sa main comptait les pulsations de moins en moins fréquentes dans les artères...

Autour de lui, dans l'attitude de la prière et du respect, se tenaient Gude, tout en larmes, Élise et Fanny, Joseph et Frédéric, et la multitude des paysans.

Quelque chose, même devant ce spectacle, laissait percer, par lueurs, les secrètes préoccupations de certains de nos personnages.

Élise, sans perdre un instant de cette sévérité majestueuse qui donnait à sa beauté le caractère grandiose des marbres antiques, reflétait dans son regard je ne sais quelle joie involontaire, douce et sereine.

N'était-elle pas en droit désormais d'écouter son cœur d'où tout germe de soupçon avait été arraché par les révélations du berger?

Comme elle, Joseph était sous l'empire d'une pensée riante. « Espérez, » lui avait dit Berneux, et ce mot avait rendu le calme à son esprit et l'ivresse à son âme.

Seul, Frédéric, se tenant à l'écart, ne trahissait qu'un sombre abattement.

Fanny se laissait aller à ses impressions du moment et

pleurait de voir pleurer Gude dont la douleur était bien grande.

Le soleil empourprait l'horizon ; le sommet des montagnes s'habillait de feu, tandis que les vallées s'assombrissaient lentement. Un rayon de lumière glissant à travers les bouleaux et les chênes rabougris éclairait la cabane où reposait Jacques.

Le vieillard sortit un moment de la torpeur où déjà ses membres se trouvaient réduits, et sa bouche affectant cette légère expression d'ironie qui lui était habituelle :

— Adieu ! vous tous, dit-il, qui êtes venus me trouver à mon départ... Quel roi eut jamais une cour plus nombreuse, des amis plus sincères !... Docteur, continua-t-il, voici où toute votre science fait défaut : un plus fort que vous l'emporte et m'appelle.

Promenant son regard autour de lui, il vit Gude, l'attira et imprima sa lèvre décolorée sur le front de la jeune fille. Il semblait murmurer une courte et fervente prière. Puis ses yeux rencontrèrent Élise.

— Vous savez maintenant combien il est prudent de n'établir son jugement que sur des preuves certaines...

Le sage réfléchit et cherche;... j'ai trouvé, un peu à mon détriment, ajouta-t-il avec un demi-sourire; mais comme le pardon est de l'essence des âmes pures, j'ai pardonné...

— Monsieur de Froidecourt, fit-il ensuite, en apercevant Frédéric, et parlant d'une voix de plus en plus entrecoupée et de plus en plus faible : vous avez bien fait de rester... ne partez plus...

Ses forces s'épuisaient; il ne put en dire davantage; mais son œil où en ce moment se concentrait en quelque sorte tout entière sa haute et belle intelligence, se posa une dernière fois sur Joseph et sur Fanny, et leur exprima avec une éloquence saisissante quels étaient ses vœux et ses désirs.

Le soleil qui illuminait le front du vieillard semblait encadrer sa chevelure d'une auréole d'or. La lumière se joua au sommet de la cabane, s'éleva le long des arbres et monta de branche en branche à mesure que l'orbe éclatant disparaissait à l'horizon; c'était comme une traînée de feu s'élevant de la terre vers l'espace et indiquant la route de l'infini... Quand le soleil eut disparu tout à fait, Jacques avait rendu le dernier soupir.

. . . .

12

Chacun s'éloignait sous l'impression de cette scène émouvante.

Seuls les trois hôtes de Vaux-Renard et Frédéric restèrent à leur même place. Une promesse tacite avait été faite devant Jacques mourant : c'était devant Jacques qu'il leur semblait que cette promesse devait s'accomplir.

Élise fut la première à rompre le silence.

Elle s'avança vers Blum, et avec cet accent solennel qu'elle savait si bien donner à sa voix :

— Frédéric, dit-elle, si j'ai jamais contribué à faire naître en vous des sentiments pénibles, c'est que j'y étais entraînée par une force fatale...

— A mon tour, répondit Frédéric, si j'ai pu méconnaître un instant tout ce qu'il y a de généreux et d'élevé dans votre esprit, c'est que tel était mon amour, qu'il faisait taire en moi les plus sages conseils de la raison... Et cependant un moment j'ai lutté sincèrement... Ah! croyez-le! ajouta-t-il voyant que Mme Verannes doutait encore de ses paroles. En quittant brusquement ce pays, il y a trois ans, je m'arrachais à votre souvenir, certain qu'il ne m'était plus permis d'espérer...

— Et cependant vous êtes revenu?

— C'est que je vous savais libre et que j'espérais de nouveau.

— Et s'il m'était une seconde fois impossible de répondre à votre amour, partiriez-vous encore?

— Élise, ne parlez pas ainsi! s'écria Frédéric qui ne pouvait se faire à cette idée...

Berneux qui les avait rejoints et qui avait tout entendu intervint :

— Madame, montrez-vous clémente, généreuse!

— Rassurez-vous, docteur, répondit-elle en tendant loyalement la main à Blum,... c'était une épreuve.

— Et vous? demanda Berneux tout bas à Fanny, serez-vous plus cruelle, parce que l'on se montre plus patient et plus résigné à votre égard?...

— Que me demandez-vous, docteur? Si je n'imposerai pas aussi une épreuve à Joseph? Mais c'est à lui à se montrer sévère, car c'est moi qui ai été la moins raisonnable.

Et la charmante fille alla passer doucement son bras sous celui du jeune officier.

— Fanny! fut tout ce qu'il put dire, tant son émotion était vive.

Puis, au bout de quelques instants, se retournant vers Frédéric :

— Monsieur, dit-il, je vous avais demandé hier une explication... Voulez-vous bien la considérer comme inutile?...

— Puis-je me rappeler ce qui s'est passé hier !...

— Et maintenant, docteur, ajouta Joseph en montrant Fanny, je n'aurai plus besoin de vous : voici le médecin qui m'apportera la guérison.

XIX

Deux années se sont écoulées, et sur cette même colline où autrefois Ménaige avait rencontré Gude chassant son troupeau devant elle, trois femmes sont réunies, assises sur la bruyère. L'une, grosse fille des champs bat des mains, rit et saute. Elle s'amuse des gestes et des cris joyeux d'un jeune enfant couché dans une corbeille, et que regardent avec amour deux autres femmes dont les habits de deuil et la douce sérénité semblent faire contraste.

Sur la montagne, deux coups de fusil retentissent. C'est un signal ; car à cent pas un homme vient de paraître.

— 186 —

L'une des deux femmes, l'aînée, se lève et court au-devant du nouveau venu et, heureuse, le ramène au milieu du petit groupe. C'est Frédéric, de retour d'une excursion matinale ; c'est Élise, Fanny et Gude.

Quant à Joseph, il n'est plus là. Un an s'était écoulé plein d'ivresse pour le mari de Fanny : chacun croyait que désormais il aurait pu défier la maladie ; mais la maladie était là guettant sa proie et ne la lâchant par moments que pour mieux la ressaisir. Joseph mourut, laissant un fils, un fils dont la présence put seule soutenir le courage abattu de la jeune épouse. Aujourd'hui, en voyant sourire ce petit être, à l'œil vif, à la lèvre fraîche, aux joues vermeilles, elle croyait voir sourire l'avenir.

Gude appelait ses vaches, faisait carillonner leurs sonnettes, et, comme autrefois, elle répétait un refrain joyeux.

Frédéric, aussi bien que Fanny et qu'Élise, se disputait le privilége de couvrir l'enfant de baisers et de caresses. Et chacun était redevenu jeune autour de cette jeunesse en fleur.

Sur l'Amblève, le bac de Targnon avait changé depuis longtemps de propriétaire ; l'ancien passeur était mort d'une façon bien étrange et dont chacun parlait encore.

Un soir, c'était quelques jours après que Jacques fut descendu dans la tombe, une tempête plus effrayante qu'aucune de celles qui avaient éclaté dans le pays, s'était déchaînée sur la nature. La rivière était grosse et furieuse. Au milieu de la tourmente, le passeur laissa son esquif l'entraîner à la merci du courant. Les flancs de la frêle embarcation gémissaient sous les chocs incessants de l'onde, et à chaque instant menaçaient de s'entr'ouvrir... Tout à coup, l'homme à la jambe de bois se redressa comme poursuivi par quelque vision terrible; ses mains s'agitèrent, un cri rauque et sauvage s'échappa de sa poitrine, et la barque mobile, poussée au loin, fuyait, gagnant en vitesse, se soulevant, s'accrochant ou rebondissant à chaque obstacle... jusqu'à ce qu'enfin elle vînt donner avec une force prodigieuse contre un roc couché dans la rivière, et précipiter le passeur dans les flots.

Le lendemain, on retrouva un cadavre mutilé, presque méconnaissable; mais quelque effort que l'on fît, on ne put constater que ce fût là le marinier de Targnon. L'homme que l'on venait de repêcher semblait avoir eu toujours deux jambes et deux yeux parfaitement intacts.

www.ingramcontent.com/pod-product-compliance
Lightning Source LLC
Chambersburg PA
CBHW070848030726
47504CB00005B/1262